『人の身でエルフの真似事か？
肉体をいくらすげ替えても魂の汚れまでは誤魔化せない。
その魂、長くは持たんぞ』
ルナ
魔法学園の地下に幽閉される
月の魔法使い

カルス・レディッヴァイセン
生まれつき呪いを胸に宿す光魔法の使い手

余命半年と宣告されたので、死ぬ気で光魔法を覚えて呪いを解こうと思います。 III

I have been told that
I have only six months to live,
so I am determined to die and
learn "light magic" to break the curse.

～呪われ王子のやり治し～

熊乃げん骨
イラスト／ファルまろ

普通に生きられることは、幸福だ。
何気ない日常を過ごしながら、僕はそう思った。

第一章

拡張現実と謎の大穴

――それはある日の夜の出来事。

時計塔の引きこもりこと、サリア＝ルルミットはいつもの様に時計塔に引きこもり研究に没頭していた。

通常であれば生徒が夜の校舎に残ることは校則で禁止されている。しかし彼女は時計塔の中に限り、残るのを許可……いや、黙認されていた。

それをいいことに彼女は時計塔の中で生活していたのだ。

もっとも子どもの体になった彼女は、九時には眠くなってしまうのだが。

「……よし、これで完成。あとは動力の確保だけど、それは彼らに頑張ってもらうとしよう」

なにやら怪しげな機械を前にして、一息つくサリア。

ここ最近の彼女は、この機械を作るのに全てのリソースを費やしていた。その甲斐《かい》あってこの発明品は、いまだこの世界に前例のない驚きの物に仕上がっていた。

「くく、これを見た後輩くんたちの驚きの顔が目に浮かぶねえ」

一人ほくそ笑むサリア。

人付き合いなど面倒くさいだけ。そう考えていた彼女だが、カルスたちと出会ったことでその認識が変わりつつあった。今では彼らが来ることがなによりの楽しみになってすらいた。

もっとも本人はそれを認めはしないだろうが。

「ふあ……。キリもいいしそろそろ寝るとしようか。最終調整は明日やればいい話だからね」

時刻は九時を回っている。普段ならば寝息を立てている時間だ。

くたびれた白衣を脱ぎ捨て、ゆったりとした寝巻きに着替えた彼女は、大きめのソファに体を預ける。

そして心地よい疲労感に身を委ねながら意識を手放そうとしたその時、彼女は不思議な魔力を感じ取る。

「ん……？」

いったいなんだろう。そう思いながら体を起こしたその瞬間、突如とてつもない爆音が辺りに鳴り響いた。

「にゃあ⁉　いったいなんだ⁉」

ソファから転げ落ちながらサリアは叫ぶ。

余程びっくりしたのか彼女の目には涙が浮かんでいる。

「かなり近くから聞こえたが……いったいなんの音だ……？」

音のした方の窓から身を乗り出すサリア。

そこにあった光景は、彼女が驚愕《きょうがく》するものだった。

「なんだいこれは！」

学園の一角、なにもない壁が大きく崩れ巨大な『穴』がぽっこりと空いていた。

周囲に人の気配はない。

ひとりでに空いたその穴は、まるで中に人を誘《いざな》っているかのような不思議な雰囲気を漂わせている。

「一体あれはなんなんだ？　先ほど感じた魔力と関係性があるのかねえ……」

興味深そうにその穴を見つめるサリア。

そして時を同じくして、時計塔地下。

そこに幽閉されている謎多き月の魔法使い、ルナもまた地上の異変に気がつき薄く目を開いていた。

再び大きな揺れが起きると、彼女の右手に刺さっていた杭《くい》にピシ、とヒビが入る。それを見たルナは一人笑みを浮かべる。

「……ついに動き出したか」

彼女がそう言って上を見上げると、球状の天井に無数の光が浮かぶ。

その光はまるで夜空に浮かぶ星々のようであった。実際にその光は現実の星と同じように少しずつ動いている。ルナは部屋の中に擬似的な夜空を生み出していたのだ。

「我が悲願の成就も近い。彼にはしっかりと動いてもらわなければ」

誰もいない冷たい地下室で、ルナは一人そう呟《つぶや》くのであった。

◇◇◇

その日の放課後。

僕はクリス、ジャック、ヴォルガの三人とともに大穴が出現した場所に行った。その目的は突然学内に出現した大穴だ。

昨日の夜に急に現れたその大穴は学内で大きな話題になっている。ただの地殻変動説や、モンスターの影響説など色々な噂《うわさ》があるけど、まだ結論は出ていない。

当然僕たちもそれに興味を持ち、見に行くのだ。いったいどんな感じなんだろう。

ちなみに大穴は時計塔の近くに空いたらしい。

穴が空いた時、大きな爆発音が鳴ったと聞いたから、もしかしたらサリアさんはびっくりしたんじゃないかな。一応寮生のはずだけど、滅多に帰らないって言っていたからね。

「うわ。分かっていたけど凄い人だね」

大穴に近づくと、たくさんの人だかりが現れる。

生徒に先生、中には外部から入ってきた学園に関係ないっぽい人もいる。警備の目をすり抜けて入ってきたのかな。

「ちょっと失礼します」

人だかりの隙間に体を滑り込ませ、中に入っていく。

ぎゅうぎゅうに押されながらも進んでいき、ようやく僕はそれを目にすることができた。

「これが、大穴……！」

壁にぽっかりと空いた大きな穴。

穴の奥は真っ暗で、全く先が見えない。

「いったい中にはなにがあるんだろう？」

「もう協会の人が何人か入ったらしいけど、特になにも見つけられなかったって話だぞ」

僕の疑問にすかさずジャックが答えてくれる。

もう情報を入手しているなんてさすがだね。

「人工物みたいな物もあるからやっぱり遺跡なのかな。穴の形も綺麗《きれい》だし」

穴の入り口には柱のような物が転がっていて、その表面には文字のようなものが刻まれている。

人の手が入った穴なのは間違いないみたいだね。

「ここから分かるのはそれくらいかなあ」

なにか見逃したものはないかなと辺りを見渡す。

すると隣に立っている人が物凄《ものすご》い勢いで穴を見ながらメモを取っていることに気がついた。

「あの文字は旧王国文字……ということは五百年近く昔のものに……」

ぶつぶつと呟きながら高速でメモを取り続ける。

見た目は僕より年上の生徒、つまり先輩に見える。その人の大穴を見る目は他の生徒たちとは違ってかなり熱が入っている。

僕はその人に興味が湧いて、思わず話しかけてしまう。

「あの、ちょっといいですか？」

「んほうっ⁉　い、いったいなんだい⁉」

ちょんちょんと触りながら話しかけると、その人は飛び上がって驚く。

どうやらびっくりさせちゃったみたいだ。

「僕は一年のカルスと言います。突然話しかけてしまい申し訳ございません」

「あ、ああ。こちらこそ大きな声を出してすまない。えーと、私は三年Bクラスに所属しているゴードンだ。よろしく」

ゴードンさんはそう言って頭を下げる。

まだ出会って間もないけど、優しそうな人だということは分かる。

「それで私になにか用かい？」

「えっとゴードンさんが書かれてるそれが気になったんです。よければ見せてもらってもいいですか？」

「へ？　まあ構わないが……」

ゴードンさんは快く書いていたものを僕に渡して見せてくれた。

そこには大穴を観察して分かったことがイラスト付きで詳細に書かれていた。

穴の寸法や形状はもちろん、転がっている柱のこと、そこに書かれている文字や紋様の分析、仮説など様々だ。

これを見ただけでゴードンさんが優れた能力の持ち主だということがよく分かる。

「この距離から見ただけでこんなに書けるなんて……凄い観察力ですね！」

「あはは……どうも」

素直に称賛すると、ゴードンさんは一瞬嬉《うれ》しそうな表情をしたけど、なぜかその後、顔を曇らせてしまう。

「どうかしましたか？」

「褒めてくれたのは嬉しいけど、私は凄くなどない。天才だらけのこの学園では私など屑石《くずいし》、凡人だ。どんなに頑張ってもBクラスより上には上がれない」

優れた才能を持つ人を原石というけど、その逆の才能がない人のことを『屑石』と呼ぶ人もいる。磨いても磨いても輝くことはなく、それどころかボロボロと崩れる屑石。僕はその言葉が嫌いだった。その言葉は、努力を否定する言葉だから。

「ゴードンさん……」

「おっと、すまないね暗い話をして。でもこれは事実だ。私はそれをこの学園で思い知ったんだよ」

魔法学園は完全な実力主義だ。

貴族には上流クラスという逃げ道が用意されているけど、そこ以外では不正の入る余地がない。どれだけ真面目でも、どれだけ理想が高くても、どれだけ善い人でも、そこに能力が伴ってなければ上に上がることはできない。

僕は光魔法があるおかげで入れているけど、それがなかったらAクラスには入れなかっただろうね。

「このノートを見る限り、ゴードンさんは勉強ができるように見受けられますが……」

「勉学の力だけでAクラスに上がるには、優れた発見をする必要がある。私は教科書を覚えるのは得意だけど、そういった発想力には恵まれなくてね」

自嘲するようにゴードンさんは言う。

真面目なだけでは評価されない。なんとなく分かってはいたけど寂しい話だ。

「……私に才があれば、あんな扱いを受けずに済んだのかもしれないが」

ゴードンさんはぼそりとなにかを言う。

いったいなにを言ったんだろうと聞き返そうとするけど、ゴードンさんは会話を打ち切るように話し出す。

「つまらない話をしてすまないね。観察も一段落ついたことだし、私はそろそろお暇させてもらうよ」

「あ、はい……。貴重なものを見せていただきありがとうございます」

ゴードンさんにメモを返す。

それをポケットにしまったゴードンさんは、最後に僕にへにゃっとした笑みを向ける。

「私みたいなのを褒めてくれてありがとう。嬉しかったよ」

そう言ってゴードンさんは人混みの中に消えていった。

その背中を見ていると……突然背中をバシッ！　と叩《たた》かれる。

「いだっ」

誰だろうと思って振り返ると、そこには誰もいなかった。

気のせい……じゃないと思うんだけど。

「どこ見てるんだい。下だよ下」

「下……？」

言葉のまま下を向いてみると、そこには少し不機嫌そうな小さい先輩がいた。

「サリアさん。どうしたんですか？　外にいるなんて珍しいですね」

「あまりやってこない失礼な後輩くんのためにわざわざ出てきてあげたのさ。感謝してほしいよ全く」

時折人にぶつかり「おっとっと」とよろめきながらサリアさんは言う。見ているこっちがはらはらしちゃうよ。

「あの大穴、君も気になるかい？」

「はい。なんか不思議な感じがするんです。あれはただの遺跡じゃない……根拠はないけどそう感じるんです」

「ふうん、そうかい。色々なものに興味を持つのはいいことだ」

サリアさんはそう言うと「だが」と付け加える。

「それよりも今は大事なことがあるのだよ！　遂に完成したのだよ！」

「完成したって、もしかして前にお手伝いしたあれ関係ですか？」

「ああそうだよ！　ふふ、我ながら会心のできさ！」

得意げに笑うサリアさん。

なにを作っていたかは知らないけど、怪しげな装置で数値を計測したりするのを手伝った記憶がある。それが完成したならぜひ見てみたい。

「さあついてくるがいい。見せてあげようじゃないか。私の灰色の頭脳を結集して作った最高傑作をね！」

サリアさんは高笑いしながら時計塔に向って歩き出し……こけた。

身長に合わない大きな白衣を着ているからよく裾を踏んじゃうんだよね。

「こら！　見てないで起こしたまえ後輩くん！」

「あ、はい！」

小さな先輩の機嫌を損ねないよう、僕は早足で駆け寄るのだった。

◇　◇　◇

サリアさんに連れられた僕は、クリスとジャック、ヴォルガと共に時計塔を訪れた。

……この前片付けてあげたばかりなのに中はもう散らかっている。

サリアさんは研究に没頭するとすぐに部屋を汚くしてしまうんだよなあ。後で掃除してあげないと。

「ふふふ。よく来てくれたね諸君」

そんな僕の思いを余所《よそ》に、サリアさんは上機嫌でなにやら大きな物をえいしょえいしょと押しながら持ってくる。

なんだろうこれ？　立方体のそれの表面には水晶とかボタンとかが取りつけられ魔法陣まで描かれている。見るからに怪しい。

クリスたちも「なにこれ？」と変なものを見る目をしている。

「さて、これを起動する前にまず聞いておこう。君たちは『精霊』の存在を信じているかね？」

サリアさんの質問にクリスとジャックは「精霊？」と首を傾げる。精霊はお伽噺《とぎばなし》に出てくるような存在、混乱して当然だ。

二人が質問の意図をはかりかねているとヴォルガが口を開く。

「この大陸にはかつて神が存在していたとされる痕跡が多数残っている。神がいるなら精霊もいるんじゃないかと俺は思っている」

「ふむ。面白い推論だね。精霊は神の下位存在として語られることが多い、そう考えるのは論理的だ」

「どうも」

ヴォルガはそう答えるとクリスたちを見て馬鹿にするように「ふっ」と鼻で笑う。もちろんそれを見たクリスとジャックはぎゃあぎゃあ文句を言う。みんな仲良くなったなあ。

「はいはい。口喧嘩《げんか》はそれくらいにして話を進めさせてもらうよ」

パンパンと手を叩いてサリアさんがそう言うと、一旦みんな口をつぐみ耳を傾けた。

「まず前提として精霊はいる。それを証明してくれたのは他でもないそこの後輩くんだ」

そう言ってサリアさんは僕のことを指差す。

「えっと……」

「あー、事前に許可をとっておくべきではあったがね。あの話はしていいだろうか？」

ばつが悪そうにサリアさんが尋ねてくる。

あれ、とは僕が精霊を見ることができるという話だ。僕は学園ではサリアさんにしかその話をしていない。この話は広まってしまうと色々と面倒なことになってしまうからね。

そのスタンスは今も変わっていない。でも、

「構いませんよ。僕は友人を信頼してますから」

「そうかい。それは助かった」

サリアさんはそう言って笑みを浮かべると、精霊のことを三人に説明する。

魔法を使うには精霊の力が必要で、気づいていないだけで魔法使い全員に憑《つ》いているということ。

僕の目は特別で精霊が見えるということ。サリアさんは精霊の研究をしているということ。

そして魔術協会はそれを知っていて、あえて黙っているということ。なのでこの件は公表できないということも伝えた。

全てを聞いたジャックは頭から煙を出していた。

「む、難しい話だな。頭がパンクしそうだぜ……。えっと、精霊は本当にいて、カルスはそれを見る力があるってことでいいんだよな？」

ジャックの問いに、僕は頷《うなず》く。

そんな得体のしれない能力を持っていると知られたら、少し引かれるかもしれないと思ったけど、ジャックの反応は僕の想像とは違うものだった。

「凄《すげ》えじゃねえか！　精霊が見れるなんて。俺も見てみてえぜ！」

「ふふん。そうよカルスは凄いの。あんたも分かってきたわね」

素直に褒めてくれるジャックと、得意げに胸を張るクリス。

二人とも精霊が見える僕を普通に受け入れてくれた。やっぱりみんなと友達になれてよかった。

「……話は理解できた。カルスにその能力があるということも信じよう」

そう口を開いたのはヴォルガだった。

ヴォルガさんはサリアさんの持ってきた物を指しながら尋ねる。

「で結局その怪しい機械のような物はなんなんだ？」

その質問にサリアさんは待ってましたとばかりに答える。

「私は常々考えていた。なぜ人間は精霊を知覚できないのかということをね。後輩くんの協力のもと、観測を続けた私はあることに気づいたのだよ」

確かに精霊がいる場所を僕が指差して、サリアさんがその空間を怪しげな装置で観測するなど、なにかよく分からない実験を手伝った。

あれの成果が見られるんだ。

「私は最初、精霊と人間は別々の空間にいると考えていた。しかし後輩くんの協力でそれは違うのだと分かった。精霊は私たちと同じ物を見聞きすることができる、それはつまり彼らは我らとほぼ同じ世界に生きているということになる」

「確かに……」

セレナと触れ合うことはできないけど、会話もできるし、お互いの顔を見ることもできる。ということは僕たちの生きている世界は限りなく近いことになる。

「私謹製の魔道具で観測した結果、私たちと彼らが存在する世界の層……私は『次元層』と呼ぶそれのズレは27.296%。存在次元域を拡張しこのズレを小さくすることができれば、私たちは精霊を見て、触れることができるのだよ！」

興奮した様子でサリアさんは力説する。

……凄い話だ。この人は頭脳だけで人間と精霊の間にある境界を取り払おうとしているんだ。間違いなくこの場所は現代科学の最先端にある。

「私が作ったこの魔道具『次元域拡張装置』、通称『拡張げる君《ひろげるくん》』は私たちの存在する存在次元域を物質《マテリアル》次元から精霊《アストラル》次元方向に拡張することができる。つまりこれを起動すれば我々も精霊の存在を知覚することができるというわけだ」

得意げに解説してくれるサリアさん。

「なるほど……」

「面白い話だ」

僕とヴォルガはなんとか話についていけていた。でもクリスとジャックは「え？　どういうこと……？」と途中から脱落して頭をショートさせていた。

このまま話を進めたら爆発しちゃいそうだ。

「要するにあの装置を使えば、精霊を見たり触ったりできるってことだよ」

「ああなるほど。不思議魔道具ってことね」

「そういうことか。まあ俺は分かってたけどな」

絶対ちゃんと理解していないだろうけど、ひとまず頭は爆発しなさそうだね。

サリアさんもそれを分かったのか話を進める。

「さて、みんな理解していただいたところで……早速『拡張《ひろ》げる君』を起動しようと思うのだが、これの起動には大量の魔力が必要になる。悪いが君たちの力を貸してほしい」

僕たちは顔を見合わせると、迷うことなく頷く。

この研究は人間と精霊の距離を近づける偉大なものだ。それの役に立てるなら魔力くらいいくらでも貸せる。

サリアさんの指示に従い、僕たちは鎮座する魔道具に手を置く。

「この『拡張《ひろ》げる君』は試作機《プロトタイプ》だ。効果範囲は部屋の中のみな上に、消費魔力はかなり大きい。よろしく頼むよ」

「分かりました。善処します」

怪しげな魔道具に手を置きながら、僕は答える。

当のサリアさんは楽しそうにメモに色々書きなぐっている。部屋の中の魔力濃度とかを細かく記録しているみたいだ。

僕とクリス、そしてジャックとヴォルガも手を置いたのを確認したサリアさんは、魔道具に近づき大きな声で号令をかける。

「それでは頼むよ後輩くんたち！　『拡張《ひろ》げる君』起動！」

サリアさんがボタンをポチッと押すと、魔道具が光り出し魔力が急速に吸われ始める。

「これは……なかなか……！」

まるで上位魔法を使った時みたいだ。

手から魔力をぐんぐん吸われる。みんなつらいみたいで顔をしかめている。

「ぐぐ……くそっ！　もう駄目だ！」

最初にジャックが脱落した。

背中から地面に倒れて悔しがっている。

ジャックは三体の精霊が憑いている珍しい魔法使いだけど、その魔力量は平均より少し上くらい。かなり保《も》ってくれた方だ。

「まだまだ、やれるわよ……！」

「ああ、カルスにばかりいい顔はさせないぜ」

クリスとヴォルガもかなり頑張ってくれたけど、やはり途中で脱落しその場に座り込んでしまう。

それほどまでにこの魔道具が消費する魔力量は多いんだ。

正直僕もかなりきつくなってきている。

でもこの実験はどうしても成功させたい。

精霊をみんなが見ることができるようになれば、きっと人と精霊は友だちになれる。その世界はきっと素晴らしいはずだ。

だから……全力でやってやる。

「はあああぁっ！」

体の奥底にある魔力を絞り出し、魔道具に全て注ぎ込む。

すると魔道具は一際光を強く放ち、不思議な波動を部屋の中に放った。

「……!?」

ぐにょん、と体が強く揺れる。

すると次の瞬間、まるで体が水に包まれているような感覚を覚える。なんだろうこの感じ、まさか魔道具が壊れて暴走した？

僕は慌ててサリアさんの方を見る。すると彼女は僕に向かって……親指を立てて笑みを浮かべた。

「よくやった後輩くん。今日は歴史が動いた日だ」

「へ？」

間の抜けた声を出しながら辺りを見渡すと、なんとそこには精霊たちの姿があった。

クリスには大きな火のトカゲ、火蜥蜴《サラマンダー》が。ヴォルガには黒い体毛の立派な狼《おおかみ》が。ジャックにはもぐら、魚、鳥の精霊が近くにいた。

「おお、なんか俺だけ数が多い！　だから三種類の魔法が使えたってわけか。ふっ、俺には精霊に好かれる才能があるのかもな」

嬉しそうに精霊とたわむれるジャック。ヴォルガも自分の精霊となにやら楽しげに意思疎通を取っている。そしてクリスは……

「この子が私の精霊……？」

クリスはしゃがんでサラマンダーに目線を合わせる。

しゅるる、と舌を出すサラマンダーはクリスと目を合わせながら嬉しそうに尻尾をぱたぱたと動かしている。初めて自分のことをちゃんと見てもらえて嬉しいんだろうね。

クリスはそんなサラマンダーに向かって手を伸ばす。だけどその手は精霊に触れることはできず、すり抜けてしまう。

なでられることを期待していたのかサラマンダーは少し悲しそうな顔をしている。

「申し訳ないね。拡張《ひろ》げる君はまだ試作機《プロトタイプ》。姿を見たり声を聞いたりすることはできても触れることはできないみたいだ」

「……私はこうして姿を見られただけでも嬉しいです。ありがとうございます」

クリスはサリアさんにそう言うと、優しい目をしながらサラマンダーの頭部をなでるように手を動かす。その手は触れてないけど、サラマンダーは嬉しそうに尻尾を振っている。

相棒《パートナー》となった精霊と人間の間には強い絆《きずな》が生まれると僕は感じている。それは姿が見えなくてもそうなんだ。

クリスもヴォルガもジャックも、初めて会ったとは思えないくらい自分の精霊と仲良くなっているんだもん。間違いない。

「――サリアさん」

凛《りん》とした声が部屋に響く。

見ればセレナが真剣な表情でサリアさんに話しかけていた。もちろんセレナの姿も見えるようになっているので、サリアさんはセレナと目を合わせている。

「貴女《あなた》が精霊の姫君ですね？　お会いできて光栄です」

そう言ってサリアさんは恭《うやうや》しく一礼する。

……失礼だけどこんな風に敬意を払うこともできるんだと驚いてしまった。

「サリアさん、貴女の作ったこの魔道具は素晴らしい物です。きっとこの発明は精霊と人を繋《つな》ぐ架け橋になってくれるでしょう。全ての精霊を代表してお礼を申し上げます」

今度はセレナが頭を下げた。

普段はわがままな態度を取ることも多いセレナだけど、なんだか今のセレナはちゃんと「お姫様」って感じだ。意外な一面を見られた。

「礼には及びませんよ。精霊と人の交流は私の悲願なのですから」

「……ありがとうございます。貴女のような人がいるのでしたら、我々の溝が埋まる日が来るのもそう遠くないのかもしれませんね」

セレナとサリアさんはお互いに頷き合う。歳《とし》も生まれた場所も種族も違う二人だけど、目指すものは同じなんだ。

本当に精霊と人が仲良くなる日は近そうだね。とそんなことを考えていると突然僕を呼ぶ声が部

屋に響いた。

「カルス、ちょっと来てくれ！」

僕を呼んだのはジャックだった。

どうしたんだろう。僕は小走りで近づく。

「どうしたのジャック？」

「なんか精霊《こいつ》らが俺に伝えたがってるみたいなんだよ。話分かるか？」

見ればジャックの精霊たちがジャックに向けてなにか喋《しゃべ》っている。

だけど精霊の姫以外の一般的な精霊は、人間の言葉を喋ることはできない。人間の言葉をある程度理解はできるみたいだけどね。

そして人間は精霊の言葉を理解できないという『決まり』がある……らしい。だから精霊の言葉を勉強しても聞き取ることはできないんだ。

なので僕はセレナに頼み込むことにする。

「セレナ、お願いできる？」

「ええ。任せなさい」

頼りになる相棒の力を借りて、僕はジャックの精霊たちの話を聞く。

一体どんな話なんだろうとその話を聞いた僕は……予想だにしてなかった内容に驚愕した。

◇◇◇

「どうした？　こんな所に呼んで」

みんなが自分の精霊と触れ合っている中、僕はジャックを部屋の隅っこの方に来てもらった。

「ごめん。でも他の人に聞かれるのはあまり良くない話なんだ」

「……なんだか知らねえが、ひとまず分かった。いいぜ、話してくれ」

「分かった」

さっきジャックの精霊から聞いた話を思い返す。

この話をいきなり切り出せば驚かせてしまう。少しずつ話さなきゃ。

「ねえ。確かジャックには兄弟がいたよね？」

「ん？　故郷の村に弟が一人いるけどそれがどうしたんだ」

再びジャックは首を傾げる。

そんな彼に僕は踏み込んだ質問を投げかける。

「その弟さんの他にも、いたんじゃないかな？」

それを聞いたジャックは目を丸くして驚き……そして悲しげに目を伏せた。

いつも明るく賑《にぎ》やかなジャック。こんな顔を見るのは初めてだ。

彼は「ふう……」とため息をつくと近くの椅子に腰を下ろす。

「ああ。確かにいた」

時折上を向いて、昔を思い返すようにしながらジャックは話してくれる。

「前にも言ったかもしれねえけど、俺の故郷は田舎の村だ。近くの大きな街に行くにも馬車で数日かかるくらいにはな。滅多に商人も来ねえ貧乏な村だ」

だからジャックは魔法学園で優秀な成績を取って、いい職業に就きたいと漏らしていたことがある。

お金を稼ぐために学園に来たと言ったら聞こえは悪いかもしれないけど、ジャックにとっては切実な問題なんだ。

「よくある話だ。田舎の村にはよくある流行《はや》り病《やまい》。それと数年に一度の日照りによる不作。運が悪いことにそれが重なっちまったことがある」

「……っ！」

大きな街であれば、他の街や王都に助けを求めることができる。

でも田舎の村では近くに助けを求めるのも大変だし、そもそも助けてもらえるかも分からない。

助けを求めれば絶対にそれに応えてくれるほどこの世界は優しくはない。

「あの時は本当にやばかった。木の根をかじって空腹をごまかしたもんだ。体が大きかった俺はそれでなんとかなったが……まだ小さい弟と妹は違った。空腹で弱った二人は同時に病気にかかって……そっからは三日も保たなかった」

ジャックはそこで言葉をつまらせる。

その瞳には強い悲しみの色が浮かんでいる。

「今も忘れられねえんだ。あいつらの『心配しないで、お兄ちゃん』って言った時の顔がよ。てめえが一番つらいはずなのに俺のことを最後まで心配してた。俺はもうあんな思いをするのはごめんだ」

そう言ってしばらく黙ったジャックは、ゆっくり僕のことを見る。

「だから俺は稼げるようにならなきゃいけねえ。後から生まれた弟を養うためにもな。それが助けられず見殺しにしちまったあいつらにできるせめてもの償いだ」

「……そんなことがあったんだね」

きっとジャックが経験したことは珍しい話じゃないんだと思う。

流行り病も不作による飢餓も本にはよく載っている。でもその体験談を生で聞くのは初めてだったので衝撃が大きい。

「ジャックは凄いね。そんなことがあってもへこたれずに自分にできることをしようとしてる。……だから二人の兄弟も力を貸してくれているんだ」

「ん？　どういうことだ？」

僕はジャックの周りに浮かぶ精霊を指差して言う。

「ジャック。君に憑いている精霊は一体だけなんだ。残りの二体は……亡くなった弟さんと妹さんに憑いていた精霊なんだよ」

「な――――っ⁉」

絶句するジャック。

こんなこと聞かされたら驚いて当然だ。

「ど、どういうことだよカルス⁉」

「実は……」

僕は精霊から聞いた話をジャックに話し始める。

◆　◆　◆

――今から七年前。

ジャックの住んでいた村には、大きな飢饉《ききん》が発生していた。

作物は育たず、狩る獣も姿を消した。蓄えていた食料も尽きて大人も子どももみんな空腹に苦しんでいたという。

しかし悲劇はそれだけでは終わらなかった。なんと王国のあちこちで流行っていた病気がその村にも広がってしまったんだ。

運良くジャックと両親は病気にかからなかったけど、まだ幼いジャックの弟さんと妹さんは病にかかってしまった。

「うう……」

「あついよ、いたいよ……」

空腹と病気のせいで二人はずっと苦しんでいたらしい。

二人に憑いていた精霊は、二人のことをずっと見守っていた。しかし魔力を貰《もら》えなければ魔法は発動できない。精霊は二人が弱まっていくのを見守ることしかできなかった。

このままお別れするしかないのか、そう思っていたその瞬間、奇跡が起こった。

「きみは……だれ？」

なんと二人は死の間際、精霊を見ることができるようになっていた。

どうしてなのかは精霊にも分からないらしい。ただ死に際に、精霊が見えるようになるという話は他にもあったみたいだ。

自分のことを見てもらえるようになって、精霊たちは喜んだ。必死に身振り手振りで自分たちにしてほしいことはないかと二人に尋ねた。

過ごした時間は短いけど、少しでも力になりたいと思ったらしい。

そんな精霊の想いを受け取った二人は、思わぬ願いを口にした。

「ぼくはだいじょうぶ。だからおにいちゃんをたすけてあげて」

その言葉に、精霊は驚いた。

まさか他人の助けになってほしいと言われるなんて、思いもしなかったから。

「おにいちゃんは、いつもわたしたちのためにがんばってくれてるの。でもわたしたちはなにもおかえしできない……」

「だから……おねがい。おにいちゃんのちからになってあげて……」

二人は精霊にそうお願いした次の日、息を引き取った。

普通精霊は憑いていた人間が死ねば、その場を離れて自由に暮らすか新しい憑く相手を探す。しかし二人に憑いていた精霊は、そうしなかった。

〝僕たちの小さな主人の、願いを叶《かな》えよう〟

〝そうだね。そう約束しちゃったからね〟

精霊たちは幼い主人の願いを果たすと決めた。

魔力を貰ったわけじゃないけど、それでも主人と自分の間には絆のようなものがあると感じていたから。その願いを果たすことにためらいはなかったという。

◆　◆　◆

「……精霊はほとんどの場合一人に一体しか憑かない。でも二人の願いを聞いた精霊は、その常識を破って願いを聞き入れたんだ。精霊と人の絆はほとんどなくなっちゃったのかと思ってたけど、まさかこんな形で残っているなんて、驚いたよ」

僕の話を聞いたジャックはしばらく黙っていたかと思うと、突然しゃがみ込む。

「馬鹿だな俺はよ……。精霊がたくさん憑いてるのを自分の才能とか思い込んでよ……」

ジャックは目元を押さえながら肩を震わせる。

「あいつら……自分がつらいのに俺なんかのことを心配しやがって……っ！」

押さえた手の隙間から涙がこぼれ落ちる。

数年越しに知る家族の想い。そうなるのも当然だ。

「俺は二人が苦しんでる時になにもできなかった！　薬を用意することも、満足に飯を食わせてやることもできなかった！　俺にやれたのは手を握って声をかけ続けることくらいだった。それなのになんで……！」

「それは違うよ。苦しんでいる時に家族が側にいてくれる以上に嬉しいことなんてない。二人は感謝してたはずだよ」

動けない時、一番感じる気持ちは『寂しさ』だ。それは僕が一番よく知っている。

どんなに痛く苦しくても大切な人が側にいてくれるだけで気持ちはぐっと楽になる。ジャックの兄弟もそれを感じていたんだと思う。

だから最期の時、兄の幸せを願ったんだ。

しばらくしゃがみ込んでいたジャックは目元を拭い立ち上がる。そして自分の周囲を漂う精霊に話しかける。

「ありがとうな、弟妹《あいつら》の願いを聞いてくれて。そして俺みたいな奴に力を貸してくれて。そしてこれからもよろしく頼む。頼りがいはないかもしれないが、二度とあの時みたいなことにはならないよう、全力で頑張る」

その言葉を聞いた精霊たちは、嬉しそうに笑みを浮かべジャックの肩に乗る。言っていることすべての意味が伝わっているわけじゃないかもしれないけど、ジャックの想いは通じたみたいだ。

「ありがとうなカルス。もし知らなかったら俺は三属性使えることを自分の力だと勘違いしていた」

「そんな、僕はたいしたことしてないよ」

「いやそんなことねえ。お前に会うことがなかったら、弟と妹の想いを知ることもできなかった。本当にありがとうな。お前と友達《ダチ》になれたことは俺の自慢だ」

そう言ったジャックは明るく笑ってみせるのだった。

◇　◇　◇

「それにしても驚いたねえ。まさか君以外に精霊を見た者がいたなんて」

実験をした日の夕方。

時計塔に残った僕が片付けをしていると、急にそうサリアさんが話しかけてきた。

ちなみに他のみんなはもう寮に帰っていて僕とサリアさんしかここにはいない。

「ジャックとの話、聞いていたんですか？」

「他の人より耳が良くてね。彼には黙っていてくれると嬉しい」

「……分かりました」

聞こえてしまったのなら仕方がない。

サリアさんなら誰かに言いふらしたりするようなことはないだろうしね。

「全ての生き物には『魂』があると言われている。精霊とは魂が変質したもの……だと私は思っている。ゆえに死に瀕《ひん》した時、魂が体から分離するその時に限り人間は精霊に近しい存在になる。そうなれば精霊と意思疎通できてもおかしくはない」

「なるほど。ありえそうな話ですね」

やっぱりこの人はすこぶる頭がいい。断片的な情報でここまでの精度の仮説を立ててしまうなんて。

「ちなみにセレナはなにか知ってる？」

「うーん、私も知らないわ。初めて話した人間がキミだし」

「そっか。そうだよね」

セレナはあまりそこら辺の事情に詳しくない。

まあ僕たち人間だって人間のことを詳しく知っているかというとそうじゃないから、無理もないことではあるんだけど。

他の精霊人ならなにか詳しく知っているのかな？

「ちなみにセレナは他の精霊人ってどれくらい会ったことがあるの？」

「へ？　一回もないけど？」

う、うそ？

僕は思わずずっこける。

「生まれたばかりの私に色々教えてくれたのは普通の精霊だったわ。その精霊なら色々知っていたかもしれないけど、もうその人は『星《ほし》の胎座《たいざ》』に還《かえ》ってしまった」

セレナが口にした『星の胎座』は、お伽噺に出てくる特別な場所の名前だ。役目を終えた魂が生まれ変わる場所って言われているけど、作り話だとばかり思っていた。セレナが口にしたってことは本当にある場所なのかもしれないね。

「私も一人で同族を探しはしたけど、結局一回も出会えはしなかったの」

「そう、なんだ……」

セレナもセレナで大変な人（？）生を歩んでいるみたいだ。

まだまだ分からないことばかりだけど、焦る必要はない。僕には頼もしい仲間たちがいるんだから――――。

◇◇◇

ある朝のＨＲ《ホームルーム》。

いつも通り担任であり兄弟子であるマクベルさんが連絡事項を伝えてくる。

「えー、お前たちも今日で入学して一月半が経つ。そろそろ定期審査のことを真剣に考え始める頃だろう」

Ａクラスの生徒は一年に三回行われる『定期審査』で結果を出さないと、次の学期からＢクラスに落とされてしまう。

僕もそろそろなにを研究しようか真面目に考えないとなあと思っていたところだ。みんなも同じだと思う。

「もうじき『教室制度』も始まる。今のうちにどこに入るかを考えておくように」

そう言ってマクベルさんは教室を出ていく。

先生がいなくなって騒がしくなる教室内。するとジャックがなんだか少し慌てた様子で僕の側にやってくる。

「な、なあ。『教室制度』ってなんだっけか？」

「え。何度か説明してたじゃん。聞いてなかったの？」

そう尋ねるとジャックはバツが悪そうに頭をかく。

「いや、HRって退屈でよく寝ちまってて話聞いてなかったんだよな。あ、でもこれからは違うぜ。弟と妹の為にもこれからは真面目にやるって決めたんだ。今日だって早く起きて魔法の練習してから来たんだぜ」

得意げに胸を張るジャック。

そう、ジャックはあの日から真面目になったんだ。

授業で分からないことがあったら僕やヴォルガに聞いてくるようになったし、体力をつけようとクリスにしごかれていた時もある。

元々ジャックは器用なタイプだ。努力したらしただけ成果はついてくると思う。

「えっとAクラスの生徒は学期が変わるごとに『成果』を出さなくちゃいけないのは知ってるよね？」

「ああ。なにかを研究した結果とか、大会で実績を残したりしなきゃいけねえやつだろ。それができないとBクラスに落ちんだろ？　おっかねえよな」

「そう。それでその『成果』は連名で出してもいいんだ。つまり他の人と協力してもいいってこと。『教室制度』はそれを助けてくれる制度なんだ」

「へえ、そんなのがあるのか。確かに一人より二人の方がいい成果は出せるよな」

僕は頷く。

特に一年生である僕たちは勝手が分からない。仲間がいるというのは心強いよね。

「『教室制度』でいう教室は、学年で分けられた教室とはまた別の存在なんだ。言ってしまえば勉学の為のクラブみたいなもの、かな。Bクラス以上の生徒は自分の選んだ『教室』に所属し、放課後はそこで専門的なことを同じ教室の生徒と学んだり、協同で研究したりできるんだってよ」

「へえ。普段はこのクラスの奴としか話せる機会がないから、他のクラスの奴と話せるのはたのしそうだな」

僕もそう思う。

特に上級生と話せるというのは大きい。なかなか知り合える機会も少ないからね。

「『教室』は全部で六種類あるんだって。所属するかは自由だけど、得るものは大きいし、先輩の話も聞けるから所属をおすすめするって書いてある」

前にもらった各教室のことが書かれた紙を、僕はジャックに見せる。

○錬金の教室『賢者の原石《リトルアルケミスト》』
○薬学の教室『世界樹の種《イグドラシード》』
○魔導の教室『真理の探究者《トゥルー・ウィザーズ》』
○戦士の教室『円卓の見習い騎士《ラウンズペイジ》』
○発明の教室『発明家の卵《ケミカルエッグ》』
○星見の教室『星を詠む者《スターゲイザー》』

先生の話によると、複数の教室を選択してもいいみたいだけど、ほとんどの人は一つの教室に絞るみたいだ。

「なに？　教室のことを話してるの？」

ジャックが六つの教室が書かれた紙を凝視していると、クリスがやってくる。

その後ろにはヴォルガもいる。そういえば二人はどうする予定なんだろう？

「クリスはどの教室に行くの？　やっぱり『戦士の教室』？」

「そうね。なにかを調べたりっていうのは性に合わないし、手っ取り早くそこで成果を上げようと思っているわ」

戦士の教室に入ると、文字通り一人前の戦士を目指して鍛錬をすることになる。他の教室は魔法や勉学についてだけど、この教室だけは主に体を使って学ぶのだ。

騎士を目指すクリスにとってはこの教室が一番適していると思う。

ちなみに定期審査に必要な『成果』は武道大会で入賞したり、討伐依頼が出されているモンスターを倒すとかでも大丈夫だ。戦士の教室に入ればその情報共有もできるだろね。

「ヴォルガも戦士の教室にするの？」

「そこが第一候補ではあるが、他の教室《ところ》も見てみようとは思っている」

「ふうん。そうなんだ」

教室は全部で六種類もある。

体験入室もできるみたいだし、色々見てから決めるのも大事だ。

「ジャックはどうするの？」

「んー、俺は別にやりたいことがあるわけじゃないからなあ」

困った様子でジャックは言う。

確かにジャックの好きな分野は僕もピンとこない。うーん、なにかあったかなあ。

「ジャックの好きなものって言ったら人の噂話《うわさばなし》と食べることくらいしか思いつかないや」

「……間違っちゃいねえけど酷い認識だな。そうだなあ、俺は『薬草の教室』にでも行ってみるかな」

「それはいいかもね。ジャックは元々『木属性』の魔法使い、薬草の教室とは相性が良いだろうからね」

「だろ？」

ジャックは木、土、水の三属性を使える魔法使いだ。

でもその内の土と水は弟と妹から受け継いだ力だとこの前分かった。つまり本来ジャックは木の魔法使いなんだ。だから他の二属性より木の魔法の方が精度が高い。

「そういやカルスはどこに行くつもりなんだ？」

「うーん。そうだなあ……」

先生が挙げた教室を頭に思い浮かべる。

「錬金の教室は一度覗《のぞ》いてみたいよね。薬草と魔導も気になる。星見の教室も話を聞きに行きたいし……創造も楽しそうだね」

「ほぼ全部じゃねえか」

「戦士は来ないのね……」

ジャックは呆《あき》れた顔をして、クリスはしゅんと落ち込んだ顔をする。

クリスには申し訳ないけど、戦士の優先度はどうしても低くなってしまう。

強さよりも今は知識が欲しい。どの知識が呪いを解くのに役立つか分からないからね。

◇◇◇

教室制度が始まってから、午後の二時限あった授業は一つに減り、残りの時間はそれぞれの『教室』用の時間に割り振られた。

とはいっても教室に入るのは強制ではない。

入らない生徒は下校してしまっても構わないみたいだ。

でも教室に入らないということは定期審査を一人で突破しなきゃいけないことになる。自由時間を無為に過ごす余裕はないということだ。

ちなみにBクラスの生徒は、二回連続で定期審査を高評価で通過した場合Aクラスに上がれるらしい。

どれくらいの成果を出せば高評価を貰えるのかは分からないけど、結構大変そうだ。

「まずは……錬金の教室かな」

僕は錬金の教室を皮切りに、色々な教室へ行ってみた。

「いらっしゃい！　君はカルス君だね？　どうぞゆっくり見ていってくれたまえ！」

教室では凄くもてなしてもらった。

優秀な生徒が多いほうが教室としても嬉しいので、Aクラスの生徒は教室同士で奪い合いになっているみたいだ。僕は騒ぎを起こしたせいで名前を無駄に知られてしまっているから、教室としても知名度のある生徒が欲しいんだろうね。

「私は三年のジェイス＝ケルミスト。ここ『錬金の教室』の室長を務めている。なんでも質問してくれたまえ」

「ありがとうございます。えっととても初歩的な質問なんですけど、錬金ってどのようなことをするんですか？」

金属と魔法でなにかする程度の知識しかなかった僕は、そう質問する。

少し調べてから聞くべきだったかと思ったけど、室長のジェイスさんは快く答えてくれる。

「この世界には常識外れの力を持つ鉱物が複数ある。オリハルコンや玉鋼《たまはがね》、緋日色金《ヒヒイロカネ》やアポイタカラがそれに当たる。錬金術師たちの目標はそれらの鉱物を自分の手で作り出すこと。この教室でも同じようなことをしているんだ」

「なるほど……それは面白そうですね」

「だろう?」

ジェイスさんは屈託のない笑みを浮かべる。

本当にこの人は錬金が好きでやっているんだね。

「中には未知の金属を作ろうとしたり、最強の剣を作ろうとしたりしている者もいる。言ってしまえば魔法と金属でなにかしたい人はこの教室に入る。錬金の実験は楽しいぞ。ぜひ君もやってみるといい」

「はい。ぜひ体験させてください」

この日はジェイスさんに連れられて、他の人の実験を色々見させてもらった。

そのどれもが刺激的で、僕は楽しい時間を過ごすことができた。

◇　◇　◇

錬金の教室に行った日の翌日は、ジャックと一緒に薬草の教室に行った。

そこでは多くの生徒たちが薬の研究をしていて、部屋には草の匂いが充満していた。

「す、凄い匂いだね。くらくらしてきた」

「そうか？　俺はもう慣れたぞ」

実家が農家だからかジャックはこの匂いにすぐ順応していた。

この教室の先輩ともすぐに仲良くなっていたし、ジャックはこの教室と相性がよさそうだ。

「ここに所属するつもりなの？」

「まあ他に行きたいところもないし、そうするかもな。カルスはどうするんだ？　昨日は錬金の教室に行ったんだろ？」

「まだ悩んでいるんだ。錬金も面白そうだったけど他もまだ見てみたいな」

「そうか。決めるのに期限があるわけじゃないからゆっくり探せばいいんじゃないか？」

「うん。じっくり探してみるよ」

薬草の教室も面白かったけど、ひとまずここに入るのも見送った。

僕の呪いを解く手がかりはなさそうだしね。

さらに次の日に向かったのは『魔導の教室』。

その名の通り魔法を極めようとする教室だ。純粋に魔法の腕を磨きたい人や、魔法の秘密を解き明かしたい人、魔術を研究する人などが在籍していた。

ここも面白そうとは感じたけど、正直ここで学べることは師匠に全て聞けそうでもある。せっかく魔法学園に来たんだから、今まで学べなかったことを学びたいなあ。

「えーっと……ここ、かな？」

そのまた翌日、僕が向かったのは魔法学園の校舎でもっとも高い所にある教室。

名前は『星見の教室』。

その名の通り星を観測する人が集まる教室だ。

教室に足を踏み入れた僕は、中の人に自分の名前と来た目的を伝える。

すると奥の方から黒いローブに身を包んだ女性が現れる。

艶《つや》やかな黒い髪は目にかかっているけど、その奥で僕をじっと見ている気がする。

「初めましてカルスさん。ここ『星見の教室』の室長、イル＝デネビアと申します。よろしくお願いします」

「はい。よろしくお願いします」

イルさんは不思議な雰囲気を持っているミステリアスな人だった。

そもそもこの教室自体、不思議な空気で満ちていると感じる。

「あなたはここに満ちる魔力を感じ取っているみたいですね」

「え、あ、はい。不思議な感じはしています」

考えていることを言い当てられてビクッとする。

心を見透かされているみたいだ。

「あなたは『星見』をどこまでご存知ですか？」

「えーと……星を見て色々なことを占うってことくらいしか知りません」

「なるほど。分かりました」

イルさんは大きな紙を持ってくると机の上に広げる。

そこには夜に輝く星々が描かれていた。とっても精密な絵だ、これだけでこの教室がどれだけ星に敬意を持っているかが分かる。

「あなたの認識は間違っていません。星見を生業《なりわい》とする者『占星術師《せんせいじゅつし》』は、星を見て様々な事象を先読みします。災害、飢餓、戦争などの起こりを予期し、人々をそれらから守って来ました」

「すごい……そんなことが可能なのですね」

星を見るだけでそんなことができるなんて驚きだ。

興味深く聞く僕に、イルさんはもっと詳しく教えてくれる。

「星と星を繋ぎ浮かび上がる星座。これは世界でもっとも大きな『魔法陣』と捉えることができます。巨大な力は世界に影響を及ぼします。星座を読み解けばこの先なにが起こるのかをある程度予測することができるのです」

「星座が魔法陣、ですか。凄い規模の話ですね」

昼も夜も、変わらず星は空にある。

世界は星から逃れることはできないんだ。

一気に星に興味が湧いてきたぞ。

「イルさんも占星術師を目指しているのですか？」

「はい、そうです。私は生まれつき目が良く、星をよく見ることができます。この力を人のために活かしたい。そう考えております」

そう語るイルさんは真剣で、僕はとてもかっこいいなと思った。

夢、かあ。呪いがなかったら僕はなにになりたかったんだろう。もし呪いが解けたら真剣に考えてみたいな。

「じゃあイルさんも未来のことが分かるんですね」

「……そうであれば、良かったのですが」

イルさんは少し困った顔をする。

もしかしてなにかまずいことを聞いちゃったかな？

「あの、なにか失礼なことを聞いてしまいましたか？　もしそうでしたら謝ります」

「いえ、違います。そうじゃないんです」

イルさんは首をふるふると横に振る。

「まだ教室に入ってないあなたに言うことではないのですが……今、星の動きが乱れているのです。そのせいで星を詠《よ》むことが困難になっています。私たちだけでなく高名な占星術師の方たちも混乱しているそうです。もし万全であったのなら、あの穴のことも予期できたのかもしれませんが……」

あの大穴ができて学園は混乱した様子だった。

予期できていたら確かにもっと混乱も少なかっただろう。それにしてもいったいあの奥にはなにがあるんだろう？　入ることができたらいいなあ。

「星の動きが乱れることなんてあるんですね。なにが原因かは分かっているんですか？」

「はい、おそらくですが……」

星の絵が描かれた紙の上を、イルさんの細い指が滑る。

そしてある一箇所で、止まる。

その場所を見た僕は驚き、息を呑《の》む。

「空を欠く暗黒、『星欠《ほしかけ》』。この場所を起点に星は乱れています」

星欠《ほしかけ》。

それは星空の一部を欠く黒いなにか。

それの正体がなになのかは、今も分かっていない。

だけど月の魔法使いルナさんに会った僕は知っている。それは空に輝いていた大きな星、『月』を隠す存在なのだと。

だけど当然そのことを話すわけにはいかない。

月の存在は何者かによって秘匿されている、もしそれを知ってしまえばイルさんに危険が及んでしまう可能性があるから。

「はるか昔、まだこの世界に神がいたと言われる時代に星欠《ほしかけ》はなかったとされています。その時代、占星術師は今よりずっと大きな力を持っていたとされます。しかし『六神戦争《ろくしんせんそう》』の後、神が姿を隠し、空に穴ができてから占星術師の未来を見る力は格段に落ちました。今でも一部の占星術師は重宝されていますが、昔と比べて星を詠む人はかなり減ってしまいました。悲しいことです」

「……そうなんですね」

イルさんの話によると占星術は遅れた技術、と世間では思われているらしい。

事実『星見の教室』に所属している生徒は少ない。占星術師はこの先も数を減らしていってしまうだろう。

「いつか空の穴が埋まり、満天の星が光り輝くようになることが私の願いです。とはいっても私にそのような力などあるわけないのですが」

「素敵な願いだと思いますよ。叶うといいですね」

そう伝えると、イルさんは真剣な表情になり僕のことをジッと見つめる。

いったいどうしたんだろう。

「……あなたはいい人ですね。あなたになら話してもよいかもしれません」

「へ？」

イルさんは意味深なことを言うと、ポケットから一枚のコインを取り出す。

銀色の小さなコインだ。彼女はそれを手のひらに載せて僕の方に差し出してくる。

なんだろうとそのコインを観察し、僕は絶句する。

そのコインの表面に彫られた紋様、それはまさしく『月』のものだった。僕がルナさんから貰った『月の守護聖印《ムーンアミュレット》』のエンブレムそっくりだ。

「これ、は」

「これは青光教《せいこうきょう》の象徴《シンボル》です。この形がなにを示しているのかは分かりませんが、青光教を立ち上げた方たちはこの象徴《シンボル》を崇めていたそうです」

驚いた。月の信仰は今も形を変えて残っていたんだ。

ルナさんが聞いたらきっと喜ぶぞ。

「青光教には『空に祈りを捧《ささ》げれば、いつか空は元の姿を取り戻す』という教えがあります。なんの根拠もない教えですが、この教えは私たちにとって唯一の希望、救いなのです」

そう言ってイルさんは僕にそのメダルを渡す。どうやらくれるみたいだ。

「そのメダルは差し上げます」

「え。これは大事な物じゃないんですか？」

「それとは別に私の物もありますのでご安心ください。それは新しく仲間になってくれそうな方にお渡しする物です」

つまるところが布教用ってことだね。なら貰ってもいいのかな？

「もし私の話を聞いて興味を持っていただけたのであれば……その象徴《シンボル》が描かれた看板のあるお店に行ってください。私たちは新しい仲間を歓迎しますよ」

「……分かりました。考えておきます」

最後にそう言って、僕は星見の教室を後にした。

「勧誘されちゃったね」

周りに人がいない状況で僕はそう呟く。

でもこれは独り言じゃない。僕の側には常に相棒がいる。

「どうするの？　行ってみるの？」

一部始終を見ていたセレナが尋ねてくる。

「うーん。ひとまずルナさんにこの件を話してから考えようかな。青光教は王国認可も得ている宗教だったと思うから危険はないと思うけど、慎重に動いたほうがいいとは思う」

「そうね。月のことは確かに気になるけど、最優先で動くことでもない。焦る必要はないと思うわ」

ひとまずそう決めた僕は、セレナに尋ねる。

「ねえ、セレナが生まれた時って空に月はなかったの？」

「えーっと……確かなかった、はず。私が生まれた時には神様はもう姿を消していたからね」

「そっか。教えてくれてありがとう」

セレナはあまり自分のことを話したがらない。

だから生まれた時のことを少し知れて嬉しい。いつかもっと色々と教えてくれるようになったら嬉しいな。

◇◇◇

星見の教室に行った日の放課後。

僕は時計塔地下に足を運び、月の魔法使いルナさんのもとを訪れていた。

そして星見の教室の室長、イルさんから聞いた話を伝えた。

全ての話を聞いたルナさんは、目を閉じてしばらく黙った後、ぽつりと呟く。

「……なるほど。月の意志はまだ残っていたか」

そう言ったルナさんの目は、今まで見たことのない優しい目をしていた。

月は彼女にとって寄る辺だ。それを信仰する人がまだ残っているというのは救いになるんだろう。

この話をしにきて良かった。

「それで悪いのだが……このメダルをいただいても構わないかな？　現代に残った信仰心のかけら、なんとも離し難い」

ルナさんは指でメダルを転がしながら尋ねてくる。

どうやらよっぽど気に入ったみたいだ。

「僕は構いませんよ。でもそれがないと『青光教』のシンボルが描かれているお店に行ってもお話を聞けないいんじゃないですか？」

「それだったら問題ないだろう。以前君に渡した『月の守護聖印《ムーンアミュレット》』。同じシンボルが描かれているそれを見せれば仲間だと認めてくれるだろう。もしそれで駄目だったら言ってくれ、メダルを返す」

「分かりました。その時はまた来ますね」

そう答えると、ルナさんはそのメダルを大事そうに袖の中にしまう。

「ところでカルスよ。今地上ではなにが起こっているんだ？　やけに騒がしいようだが」

「ああ、それはですね……」

僕は地上で起きた大穴の騒ぎのことを説明する。

それにしてもこんな地下深くでも地上のことを感知できるなんて凄い。やっぱりルナさんは只者《ただもの》じゃないね。

「なるほど……大きな穴が、ね……」

「ルナさんはなにか心当たりとかありませんか？」

思えばルナさんは大昔からここにいるんだ、なにか知っていてもおかしくはない。

彼女に聞くのはいい考えだと思ったんだけど、ルナさんは僕の問いにふるふると首を横に振った。

「悪いが私は大穴など知らない。遺跡があったとして、それは私が封印されたよりも後に作られたものだろう」

「そう、ですか……」

アテが外れて、僕は項垂《うなだ》れる。

やっぱり中に入って調べるしかなさそうだね。入れるようになるといいけど……。

「それよりもカルス、気をつけ給えよ。良くないものの力が活性化しているように感じられる。大穴ができたのもそれと無関係ではないだろう」

「良くないもの、ですか？」

「ああ。おそらくこれは闇由来の力だ。君の呪いと同じく、な」

そう言われ、僕は思わず自分の左胸を見る。

今でこそ落ち着いているけど、僕の体には強力な『呪い』が根を張っている。光魔法の力がなければすぐにでもまた暴れ出し、僕の体を蝕《むしば》むだろう。

「僕はどうしたらいいんでしょうか」

「変わらんさ、君はいつも通り研鑽《けんさん》を積めばいい。ほら、今日も特訓をしようじゃないか」

ルナさんに言われ、僕は頷く。

最近僕はこの地下室で『呪闘法《じゅとうほう》』の特訓をしている。

呪闘法《じゅとうほう》は体内の呪いを攻撃に利用する技だ。呪いを刺激してしまうというリスクはあるけど、それに見合う威力を持っている。

呪いを使うという特性上、他の人に当たったらとても危険だ。だからここくらいでしかこの技は練習できない。先生をしてくれるルナさんもいるしね。

「そうだカルス。今日は今までとは趣向を変えるぞ」

「へ？　どういうことですか？」

尋ねるとルナさんの体が青い光を帯び始める。

いったいなにが起きるんだと思っていると、その光はルナさんから分離し、僕の近くに集まってくる。そしてその光は徐々になにかの形になってきて……最終的に人間の形になった。

「……ふう、こんなものかな」

「うわっ！」

光が集まってできた人間の目が開き、喋った。

その人は見た目こそルナさんに似ていたけど、ルナさんよりも明らかに幼かった。身長は１２０センチくらいかな？　歳は六歳程度に見える。

ちなみに光が抜けたルナさんは目を閉じて黙り込んでしまっている。いったいなにが起きているんだろう？

「あの、これはいったい……」

「簡単な話だ。肉体を捨てて精霊と近しい存在になることで、私は枷《かせ》から解き放たれたのだ」

現れた女の子が、ルナさんと同じ声で喋る。

やっぱりこの子はルナさんだったんだ。

「精霊になるって、そんなことできるんですか？」

「誰でもできることではないが、可能だ。魂と魔力を一体化させ、肉体という器から出る。魔法を極めた魔法使いや、上位の生命体……例えば竜などなら可能だろう」

「そうなんですね……」

スケールの大きな話に僕は圧倒される。

死んだ動物が精霊にもなれるんだから無理な話じゃないのかな？

「最近起きた地震のせいで封印が少しだが弱まってね、こうして行動できるようになった。座っているよりもこうした方が物を教えるのもやりやすいだろう。腹立たしいことに封印のせいでこんな幼い体にはなってしまったが」

ルナさんは不服そうに言う。体が小さくなってしまったのはどうやら屈辱みたいだ。

大きめのとんがり帽子を被っているのは、少しでも背を大きく見せようとしているのかな？

「まあいい。とにかく始めるとしようか」

「はい、今日もよろしくお願いします！」

僕はルナさんとともに呪闘法《じゅとうほう》の特訓をした。

呪闘法《じゅとうほう》はかなり癖のある技だ。なんせ体に巣食う呪いを刺激して使うんだ、必然的に呪いは活性化して体に鋭い痛みが走る。

その度に僕は慌てて光魔法で体を癒やす。こんな危ない修行をしてるなんて、シズクに知られたら怒られちゃうだろうね。

「はあ、はあ……」

特訓を始めて三十分もすると、全身が汗にまみれて肩で息をするようになる。この特訓は想像よりもずっと体力を使うんだ。

「それくらいにしておくとしよう。これ以上は危険だ」

「いや……まだ、できますよ……」

「確かにまだ魔力と体力はあるようだが、これ以上呪いを刺激するのは危険だ。分かるな？」

「……はい、分かりました」

ルナさんの言葉に従った僕はドサッとその場に座り込む。そして持ってきた水筒に口をつけて一気に飲み干す。

一度は強がったけど、結構疲れていた。ああ、生き返る……。

「呪闘法《それ》もだいぶ様になってきたな。これなら実戦で使っても問題ないだろう」

「ありがとうございます。まあ使う機会がないのが一番ですけどね」

この技は強力だけど、リスクも大きい。できることなら使いたくはない。

でもなにが起きるかなんてわからないんだから、できるだけ力はつけておきたい。大切な人たちを守るための力はいくらあってもいいからね。

「呪闘法《じゅとうほう》はこれ以上やらない方がいいが、それ以外ならいいだろう。時間もあるし『光魔法』も見てやろう」

「え、本当ですか?」

僕の言葉にルナさんは頷く。

「月と光の力は非常に近しいものだ。私でも教えられることはあるだろう」

まだ正体のいまいち掴《つか》めないルナさんだけど、魔法の知識と技術は僕よりずっと高い。そんな人に教えてもらえるなんてとてもついている。

「えっと、昔師匠に教わったんですけどまだ上手く使えない上位魔法があって……」

「そうか。一回やって見せてみろ。私が見る」

こうして僕たちはギリギリの時間まで特訓をした。ルナさんの教え方はとても分かりやすく、そして効果があった。

僕は暇さえあればここに通おうと思ったのだった。

◇　◇　◇

翌日。

僕はクリスたちと教室のことについて話していた。

「で、カルスはどこに所属するか決めたの？」

「うーん。実はまだなんだ。どこも面白そうだったんだけどね」

呪いのことについて研究している教室があったら良かったんだけど、そんなものはもちろんない。

そもそも大陸全土を見ても研究している人はかなり少ないだろう。

「ひとまず今のところはどこにも所属しないつもり。その方が自由に課題も決められるし」

「そ。じゃあ私もそうしようかしら。カルスと一緒の方が楽しそうだし」

「え、戦士の教室はいいの？」

「闘技大会に出るだけなら、教室に所属しなくても大丈夫なの。教室に入るメリットが学園の人と稽古ができるだけなら、別に入らなくてもいいと思ったの。たいして強い奴はいなかったからね」

どうやらクリスはすぐに上級生もねじ伏せてしまったみたいだ。強い人が入ったと戦士の教室の人は喜んだらしいけど……残念ながら競える相手がいなかったことでクリスの興味は薄れてしまったみたいだ。

その人たちには気の毒だけど、クリスが僕の手伝いをしてくれるのは素直に嬉しい。心強い限りだ。

「おいカルス。なにを研究するか決まったら俺にも相談してくれよな。なにか手伝えることがあるかもしれねえからよ」

「あれ？　ジャックは『薬草の教室』に入るんじゃないの？」

「まあ教室のかけ持ちも禁止されてないくらいだから他人を手伝っても文句は言われないだろ。ま、基本は薬草の方にいるだろうが、なにかやるなら呼んでくれよ。俺にできることだったらなんでも手伝うぜ。それくらいなら許してくれんだろ」

ジャックの言う通り教室のかけ持ちは禁止されていない。

でも基本的に生徒は一つの教室しか選ばない。複数選ぶと片方が疎かになり、そっちの教室の人間関係も悪化する可能性が高いかららしい。

とはいえ学校側が許可しているんだから、クラスメイトの手伝いくらいしても大目に見てもらえるか。

「無理に手伝わなくてもいいからね。みんながちゃんと審査を突破できることが一番大事なんだから」

「おいおい。お前もちゃんと突破してくれよ？　なにを題材にしようとしているかは知らないけど」

「うーん。僕も悩んでいるんだよね」

呪いのことは個人的に調べることであって、審査に提出するつもりはない。

結局僕は定期審査に関してはなに一つ進展していないのだ。

どうしよう。そう悩んでいるとヴォルガが尋ねてくる。

「気になる教室《ところ》は全て回ったのか？」

「あと行ってないのは『発明の教室』くらいかな。行くか悩んでいたけど行ってみようかな……」

正直魔道具のことなら時計塔の引きこもりことサリアさんに聞くのが早いんじゃないかと思って

しまう。あの人は魔法学園きっての天才、教室の誰よりも優秀なはずだ。

だけど見学にも行かずやめてしまうのはもったいないか。

よし、次は『発明の教室』に行ってみよう。素敵な出会いがあるといいな。

◇◇◇

『発明の教室』があるのは本校舎から少し離れた別棟の中だった。

なんでもこの教室では爆発が起きたりするのが日常茶飯事らしい。

そこで騒音対策という名目で本校舎から離れた場所に置かれたのだ。

「やあいらっしゃい。私が室長のリメインだ。なんでも聞いてくれたまえ」

室長のリメインさんは、丸い眼鏡に白衣と見るからに研究者っぽい見た目だった。

見れば他の人たちもみんな白衣を身につけている。これがこの教室の制服なのかな?

「発明の教室はその名の通り、なにかを発明したい者が集まっている。魔力が絡んでいない、普通の機械を発明する者もいるが、魔道具を開発する者がやはり多い。開発と必要性《ニーズ》は切っても切れないものだからね」

そう説明しながらリメインさんは教室が持っている設備を色々と見せてくれた。

他の教室と比べてここは設備が充実しているように感じた。魔道具は現代人にとって欠かせないものだ。重要度が高い分予算とかも多いのかな?

「魔道具と聞くと戦うための武器を想像するものも多いが、その多くは生活に役立つ物だ。今では一般的に普及した『魔石灯《ませきとう》』を代表に、今は生活のありとあらゆる所で魔道具は活躍している。我々はより新しい物を、または今ある物をより洗練させて世に出すため日夜研究に勤しんでいるのだよ」

「はあ……すごいですね」

ペラペラと早口で話すリメインさんに圧倒されてしまう。

「そして……おっと、話が逸れたね。最後にこれを紹介しよう」

そう言ってリメインさんは僕たちの正面に鎮座する大きな機械を見る。

高さは僕の身長の倍くらいはあるかな？　こんな大きな機械、初めて見た。見るからに高そうだ。

「これが我が教室の至宝『高速魔力演算装置』、通称『マザー』だ」

「マザー……」

この大きさ、確かに母《マザー》という言葉がよく似合う。

三人ほどの生徒がそれを触ってなにか作業をしている。残念ながら素人《しろうと》の僕にはなにをやっているか見当もつかない。

「あれはなにをしているのですか？」

「魔道具開発においてもっとも時間と手間がかかるのは魔力回路の構築と術式計算式の演算だ。『マザー』はその構築と演算を手助けしてくれる。そのおかげで複雑な魔道具の開発時間がグッと短縮されるのだよ」

それがどれだけ凄いのかは、僕には分からない。でもここまで力説するということは、相当凄い

機械なんだろうね

魔道具は興味あるけど……自分で作りたいかと言われると分からない。見たり使ったりするのは興味あるけどね。

そんなことを考えていると、僕はある人物を見つける。

「……あれ？　ゴードンさん？」

「君は……あの時の」

僕が見つけたのは二年生のゴードンさんだった。

前に学園に空いた大穴を見に行った時に出会った先輩だ。確かあの時、大穴の側にあった柱を細かく観察していて凄いなと思ったんだ。

「ゴードンさんは『発明の教室』に所属していたんですね」

「ああ……そうだね。一応所属しているよ」

「一応？」

その含みを持った言い方に、僕は引っかかる。

するとゴードンはばつの悪そうな感じで口を開く。

「ああ、私は優秀じゃあないからね。それよりほら、あまり私と仲良くしない方がいい。ここに所属する気なら特にね」

どういうことですか？　そう尋ねようとした僕だけど、空気が変わっていることに気づき口をつぐむ。

「…………」

教室内の人たちが、無機質な視線を僕たちに向けている

なんだろう……すっごく嫌な空気だ。この視線からは、強い『拒否』の意思を感じる。

「いったいなにが……」

「――――前に会った時、言ったろう。私は『屑石《くずいし》』だと。私はこの教室の腫れ物なのだよ。君も同じになりたくないのであれば、私と関わらないことだ」

「そ、そんな」

ゴードンさんの言葉に、僕は絶句する。

もしゴードンさんの言っていることが本当なら、この人は教室で不当な扱いを受けていることになる。そんなの……見過ごすことはできない。

「どういう、ことでしょうか？」

この教室の室長であるリメインさんに視線を向ける。

しかしリメインさんは悪びれる様子もなく肩をすくめる。

「どういうもこういうもないさ。研究というものには『優先順位』が存在する。世の役に立つ発明に資金《リソース》や施設が優先して割かれるのは当然のことだ。そして役に立たない研究は後回しにされる……それも当然のこと」

リメインさんはゴードンさんのことを疎ましそうに見ながら言う。

……なんとなくこの教室のことが分かってきた。

ここでは研究分野によって格差《カースト》が生まれてしまっているんだ。役立つ研究をする人がもてはやされて、それ以外の人は隅に追いやられてしまっている。

わかりやすくお金になりそうな研究に予算が割かれるのは、理解できる。でもそうじゃない、純粋に自分の気になることを研究したい人が肩身の狭い思いをするのは間違っているはずだ。

「そんなのおかしいです！　絶対に間違っています！」

「いいんだカルス君」

抗議する僕の肩にゴードンさんが手を乗せて諫《いさ》める。

「私のために怒ってくれたのは嬉しい。だけどこれは私たちの問題、君が首を突っ込む必要はない」

「ゴードンさん……」

ゴードンさんは優しくそう言ってはいるけど、その顔は悲しげだった。

やっぱり無理しているんだ。

「でもやっぱりおかしいですよ。そうだ、せめて一旦ここを抜けましょうよ。そしたら……」

「悪いがそれはできない。私にはここしかないんだ」

ゴードンさんは首を横に振りながらそう言った。

「魔法の才もなく、かといって特別頭が良いわけでもない私には発明《これ》しかないんだ。それに私は発明を愛している、これができるのであればいくら疎まれようと構わないんだよ」

ゴードンさんはそう言うけど、その目はとても悲しげだ。本心では疎まれていることをとても悲しんでいるはずだ。

「さ、もういい時間だ、今日は帰るといい」

「は、はい……」

ゴードンさんに促され、僕は発明の教室を後にする。

「……どうすればよかったんだろう」

そう一人で呟く。

今教室に入り直して「やっぱりこんなのおかしいですよ！」と叫ぶこともできる。だけどそんなことであの人たちの心を変えることは不可能だと思う。僕はどこまでいっても部外者だ、いくら言葉を重ねてもリメインさんたちに響きはしないだろう。

僕は仕方なくとぼとぼと帰る。

なにをするのが正解だったのか、ぐるぐるとそう考えながら歩いていると、突然「カルス様！」と呼び止められる。

「へ？」

声のした方向を見ると、なんと校門のところにメイドのシズクが立っていた。

ただでさえ学園でメイド服を着ているから目立つのに、それがとびきりの美人さんだから凄い注目を集めている。当然そんなシズクに話しかけられている僕も学生たちの視線を浴びる。

うう、恥ずかしい。

「どうしたのシズク、こんな所で」

「たまたま近くを通りましたので、そろそろお帰りのお時間かと思いましてお待ちしていました。

もしかして迷惑でしたでしょうか？」

「そんなことないよ。一緒に帰ろうか」

僕はシズクと一緒に歩き始める。

こうやってシズクと一緒に学園から帰るのは初めてかもしれない。新鮮な気分だ。

「――――って授業を今日は受けてね。でも友達のジャックが全然それを聞いてなくて」

「そうでございましたか」

僕は帰りながら今日の出来事をシズクに話す。

シズクは楽しそうに僕の話を聞いてくれたけど、しばらくするとなんだか僕のことを心配そうな顔で見つめてくる。いったいどうしたんだろう。

「……カルス様。いったいどうされたのですか？」

「え？」

聞こうとしていたことを、逆に聞かれてしまった。

突然の質問に僕は焦る。

「え、どういうこと？」

「お話している間、ずっとカルス様は心ここにあらずといった感じでした。それと時折される悲しげな目……なにか罪悪感のようなものを感じているように私は受け取りました」

シズクの指摘に、僕は驚く。

確かに僕はゴードンさんのことをずっと引きずっていた。だけどそれを悟られないよう自然に振る舞えていたつもりだった。でも僕の拙い演技なんてシズクには通じなかったみたいだ。

「……隠せていたつもりだったんだけどね。シズクは鋭いね」

「カルス様のことだから分かったのです。貴方《あなた》様のことはずっと側で見てきましたからね」

そう言ってシズクは優しく笑みを浮かべる。

やっぱりシズクには敵わないや。

「私ごときに解決できるとは思いませんが、よろしければ話していただけませんか？　少しでもお力になりたいのです」

「シズク……」

彼女の優しさに僕は心を打たれる。

これ以上シズクに隠すのは彼女に失礼だと思い、僕はなにがあったのかを話した。聞いていて楽しい話じゃないのに、彼女はその話を真剣に聞いてくれた。

「なるほど、そのようなことが……」

話を聞いたシズクは、顎に手を当てて考える素振りを見せる。

「……僕はどうしたらいいんだろう。色々考えたんだけど、僕の力じゃゴードンさんの力になれない」

「カルス様、人が一人でできることなどたかが知れています。だから人は他の人と助け合うのです」

シズクはそう言うと立ち止まり、僕のことをまっすぐに見つめる。

「ご自分で解決できないのであれば、解決できる方のお力を借りれば良いのです」

「それはそうだけど……そんなの迷惑をかけちゃうし……」

「カルス様は友人に頼られた時、それを迷惑に思いますか？」

「いや、それはもちろん思わないけど……」

そう答えると、シズクは首を縦に振る。

「その気持ちはカルス様のご友人も変わらないでしょう。きっとみな、黙ったまま頼られずにいる方が傷つくと思いますよ」

シズクの言葉は僕の胸にすとんと落ちてくる。

確かに。僕の友達はみんな優しくてお節介だ。一人で抱え込んでいるのを知ったら逆に怒るような、そんないい人ばかりだ。

「心を切り替えて考えてみてください。誰かいるのではありませんか？　その問題を解決できるようなお知り合いが」

「発明の教室の問題を解決できる人……」

最初に頭に浮かんだのはマクベル先生だ。

だけどあの人は発明の教室との関わりは薄かったはず。注意してもらえばその場は謝罪してもらえるかもしれないけど、根本的な解決にはならないと思う。

もっとあの教室に理解があって、あの人たちの心を動かせる人じゃないと駄目だ。

そう考えた時……僕はある人のことを思い出した。あの人ならもしかしたらこの雁字搦《がんじがら》めの状態をどうにかできるかもしれない！

「どうやら、なにか思いついたみたいですね」

「うん、ありがとうシズク。おかげでやるべきことがわかったかもしれない」

「それはなによりです。頑張ってください、私はいつでもカルス様の味方ですから」

僕は再度シズクに「ありがとう」と礼を言って歩き出す。

動くのは明日。あの人に会いに行かなくちゃ。

◇　◇　◇

――――翌日の昼休み。

僕は昼食も食べずに、ある所へ足を運んでいた。

そこへたどり着いた僕は、扉を開け、階段を上り、ぐーすかと居眠りをしているその人物を起こす。

「サリアさん！　起きてください！」

「ふぁ⁉　にゃんだ⁉」

ふにゃふにゃ顔で目を覚ましたのは、時計塔の引きこもりことサリア先輩だ。

体を薬で幼女化しているこの人は、すぐ眠くなってしまうので昼寝をしていることも多い。

一見頼りなく見えるサリアさんだけど、その頭脳は学園一と言われている。頼りになる先輩だ。

「起こしてしまい申し訳ありません。実は相談があって」

「全く……騒がしい後輩くんだ。まあいい、寛大な先輩が話を聞いてあげようじゃないか」

寛大という部分を強調しながら椅子にふんぞり返るサリアさんに、僕は事の顚末《てんまつ》を話す。

サリアさんはその話を聞きながらたまに嫌そうに眉をひそめていた。

「……なるほど、事情は理解した。相変わらずくだらないことで言い争いを続けているようだねぇ、そこは」

はあ、とため息をつくサリアさん。

口ぶりから察するに発明の教室のことを知っているみたいだ。

「やっぱりサリアさんは昔、発明の教室にいたんですね」

「まあね。だが昔の話だ。私は早々にあそこを見限った」

前からあそこの空気があんな感じなら、サリアさんがあの教室によくない印象を受けているのは容易に想像がつく。

サリアさんがあそこでなにを経験して、なにを思って抜け、時計塔《ここ》に引きこもったのか僕は知らない。もしかしたら僕は、かなり無理なお願いをしようとしているのかもしれない。

「あの。話をしておいてなんですが、断っていただいても大丈夫です。あそこに関わりたくはないですよね？」

「確かにあそこにいい思い出はない、思い出すだけで虫酸が走るような思い出ばかりだよ。だけどだからこそ……向き合わなければいけないのかもしれない」

サリアさんは真剣な表情で僕を見る。

その瞳には強い『決意』の色が見て取れた。

「それにかわいい後輩くんの手前、無様に逃げることは私のプライドが許さないねえ。たまには先輩の頼りになる姿を見せてあげようじゃないか」

そう言って立ち上がったサリアさんは、机の上に転がる薬品をごそごそとイジり始める。

「これでもない……これも違う……これ……は、体が爆発する薬だ」

「そんな危ないもの置いておかないでくださいよ……」

机の上をちゃんと整理しておかないとな、と思っているとサリアさんが「あった！」とお目当ての薬品を見つける。

そしてそれの蓋をきゅぽん、と外すと、腰に手を当てて薬品《それ》をぐびぐびと飲み始める。ヤバそうな色してるけど大丈夫なのかな……？

「ごく、ごく……ぷはー！　うーん、不味《まず》い！　もうちょっと味も改良した方がいいねえ」

「やっぱり不味いんですね……いったいその薬品はなんですか？」

「ふふふ、それは見ていれば分かるよ。お、もう効き始めてきたよ」

突然サリアさんの体がメキメキと音を立てながら変形し始める。

膨張し、伸びてその形をどんどん変えていく。その常識はずれな光景に僕は呆気《あっけ》にとられてしまう。

時間にして約一分後。

わがままな幼女先輩の姿はなくなっており……代わりにそこには白衣の似合う、大人な女性の姿があった。

「ふう……元の身体に戻るのは久しぶりだ」

口調はいつも通りのサリアさんなのに、見た目がまるで変わっているので違和感が凄い。白衣の丈もいつもはダボダボなのに今はピッタリだ。

「さて、行くとしようか後輩くん」

一気に十年分の歳を取り戻し、十九歳の姿となったサリアさんは机の上に置かれた眼鏡をかけると、キメ顔でそう言った。

◆　◆　◆

魔法学園きっての才女、サリア＝ルルミット。

幼い頃から魔道具製作の才能を開花させていた彼女が、魔法学園に入るのは自然な流れであった。

『発明の教室』

そこでは発明家の卵たちが日夜色んな研究に没頭している。

そう聞いていたサリアは、学園に入るのを楽しみにしていた。

いったいどんな発明を見ることができるのだろう。仲のいい発明仲間ができるんじゃないだろうか。そんな希望を持って彼女は入学した。

しかしその希望はすぐに打ち砕かれることになる。

彼女が入学した頃には『発明の教室』は腐敗しきっていた。

お金になる研究のみが重視され、それ以外の役に立つか分からない研究は不当に低い扱いを受けてしまっていたのだ。

今まで他者とあまり交流を持たず、一人で研究に勤しんでいたサリア。

そんな彼女の目に映ったその光景はあまりにも醜く、歪《いびつ》で、心に傷を負うには充分すぎた。


——なぜ、彼らがこのような扱いを受けなければいけないのですか！


発明の教室の惨状を目の当たりにしたサリアは最初そう声を上げた。

目先の利益を追求し、役に立たなそうな発明はとことん冷遇する姿勢はその頃から既にあったのだ。

発明を愛するサリアはそれはおかしいと声を上げた。しかし既に固まりきっていたその思想は、一人の少女の意見などでは変わらなかった。


——君がここまで物分かりの悪い人だとは、思わなかったよ。


サリアの言葉はまともに取り合ってもらえなかった。

それでも彼女は足繁く『発明の教室』に足を運び、どうにか現状を変えられないか考え、行動した。

『人の探求したいモノに上も下もない。全ての探求心は尊重されるべきだ』

彼女はその想いを伝えようとした。しかし自分に向けられる冷たい視線、嘲笑、心無い陰口。誰にも頼ることのできない状況でそれを浴びてしまった彼女の心は……それを伝えることができないまま、折れてしまった。

ほどなくして彼女は『発明の教室』に足を運ばなくなったのだ。

除籍を願い出ることすら彼女には苦痛で、教室に連絡もせず逃げるように時計塔に籠《こ》もり一人で研究を開始した。

子どもになる薬を開発し自らそれを飲んだのには、大人になり彼らのような歪な存在になりたくない、そんな願いも込められていたのかもしれない。

時計塔の引きこもり。そう呼ばれる頃には彼女の心は平穏を取り戻したが、もうあの教室に足を運ぶ気にはならなかった。

これからもずっと一人でいい。他者の存在など不要。

そう思っていた。

しかし彼女は出会ってしまった。固まっていた自分の考えを変えてもいいと思える人間《そんざい》に。

だから彼女は向かう。二度と足を踏み入れることはないと思っていた自分の古巣へと。

◆◆◆

「……ずいぶんと久しぶりだ。ここに来るのは」

サリアさんは『発明の教室』、その入り口に立つと感慨深そうにそう言った。

「失礼するよ」

サリアさんはそう言って教室の中に入る。続いて僕も「お邪魔します」と発明の教室の中に入る。

すると中にいた生徒の人たちはみな作業の手を止め、サリアさんのことを凝視する。

「あの、どちら様でしょうか？　見学ですか？」

中にいた生徒の一人が尋ねてくる。

サリアさんはたまに時計塔の外に出ることもあったが、それも稀《まれ》だ。大人の姿となるとそれを見た人は更に減ると思う。知らないのも無理ないよね。

「私はサリア＝ルルミット。今日は少し見学に来た。たしかまだ私は『発明の教室《ここ》』所属だったはず。構わないだろう？」

「え、へ⁉　あの、少々お待ちください！」

驚いたその人は、慌てながら教室の奥に駆けていく。

そしてそんな彼女と入れ替わるように室長のリメイン・バスカディオさんが僕たちのもとにやってきた。

「これはこれは。よくぞいらっしゃいましたサリア殿。まさか貴女がここに再び来てくださるとは思いもしませんでした。卒業した先輩方も喜びますよ」

「それはどうだろうねえ。私は彼らに相当恨まれているだろうから」

サリアさんは自嘲気味にそう言う。

詳しくは知らないけど、サリアさんと発明の教室は、なにか確執があったみたいだ。

だから面倒くさがり屋のサリアさんはもうここへは来たくないはずだ。だけど僕のためにサリアさんはこの教室と再び向き合う決心をしてくれた。

サリアさんには感謝してもしきれない。

「君たちの研究を見せてもらえればと思い足を運んだ。いいかな?」

「ええ、もちろんです。サリア殿の意見を伺えると嬉しいです」

そう言ってリメインさんはある物の前に僕らを案内してくれる。

「私たちが今研究開発しているのは……こちらになります!」

発明の教室の室長、リメインがそう言って見せてくれたのは、黒板に描かれた乗り物のようなイラストだった。

細長い筒のような乗り物だ。

その周りには難しそうな計算式が書かれている。

乗り物を引っ張る生き物が描かれてないけど、いったいどうやって動かすものなんだろう?

サリアさんはそのイラストと計算式を「ふむふむ」と興味深そうに眺める。

「なるほど。魔力を動力とした大型移動車両か」

「その通りです。名を『魔列車《まれっしゃ》』といいます。これが完成した時のもたらす恩恵の大きさ。貴女なら分かるはずです」

サリアさんとリメインさんは話を進めてしまう。

やばい、話についていけてないぞ……! そう焦っているとそれに気がついたサリアさんが補足してくれる。

「現代の乗り物は馬車や竜車といった動物が動力となっているものがメインだ。しかし既に一部の都市では魔力を動力とした小型の車両『魔導車《まどうしゃ》』が使用されている」

「そんなものがあるんですね……！」

「ああ。生まれたのはここ数年の出来事。後輩くんが知らないのも無理はない」

魔法技術の進歩は著しい。

ついこの前まで無理だと思われていたことが、数日で実現可能になることも珍しくないとサリアさんは語る。面白い話だなあ。

「彼が開発しようとしている『魔列車』はそれの更に進化版。数百人を乗せ走ることができ、その速度も速い。一度道を作ってしまえば魔法都市に一日程度で行くことも可能だろうね」

「い、一日っ⁉　馬車でも四日はかかるのに！」

しかも数百人を乗せてだなんて桁違いだ。

本当に世界が変わる発明かもしれない。

「とはいえまだ研究段階。試作機すらまともに作れていませんけどね」

「しかしこれはあながち夢物語じゃなさそうだねえ。地下の龍《りゅう》脈から魔力を吸い上げるという考えもいい。これなら魔力を溜《た》めておく必要もなくなる。合理的だ」

「お褒めに預かり光栄です」

「しかしこれはあれだね。舗装した道を通るのには向いてない。百人規模を乗せるのであれば、鉄の細い道を作り、その道にはまる車輪を開発したほうがいい」

「なるほど……確かにその部分は改良の余地があると思っていました。その方法であれば確かに解決できるかもしれませんね。貴重なご意見、ありがとうございます」

リメインさんとサリアさんはまたしても僕を置いてけぼりにして話を進める。

サリアさんはしばらくその話を続けた後「さて」と言って視線を動かす。

その先にいたのは、二年生のゴードンさんだ。

「君の研究も見せてもらえるかな？」

「……え？」

突然指名され、焦ったように返事をするゴードンさん。

すると周りの人たち……リメインさんを含めた開発の教室の人たちがくすくすと笑う。

なんだか嫌な空気だ。

「しかし……」

「君のその手に持っているものがそうだろう？　興味がある、見せておくれよ」

サリアさんがそう頼み込むと、ゴードンさんは渋々と言った感じで手に持っている物を手渡す。

それは眼鏡のような物だった。

銀縁で小さい、おしゃれなメガネだ。それの耳をかける部分に小さな機械が付いている。

サリアさんはそれを「ほうほう」と興味深そうに眺める。

「これは……ふむ、解析装置かな？」

「はい、そうです。古代語の情報が入力《インプット》されていて、自動で翻訳されるようになっています」

ゴードンさんの作った物は『古代語翻訳装置』だった。

これも面白い発明だ。僕も使ってみたいな。

そう思ったけど、他の生徒たちはそう思ってないみたいで、

「もうよろしいんじゃないでしょうか、サリア殿。そのような物を見ても発見はありません」

静観していたリメインさんが、そう言って割り込む。

サリアさんはその言葉にピクリと眉を動かす。

「それはどういう意味かな？」

「貴女なら分かっていますでしょう。そのような翻訳装置に意味はない。辞書を持ち自分で翻訳するなり、古代語を自分で学べばよい話です。それは人類の進化発展に寄与しない、怠惰な発明です」

ゴードンさんの発明を、堂々と『怠惰な発明』と言い切るリメインさん。

そんな言い方あんまりだ。僕は言い返そうと前に出ようとするが……それをサリアさんは制した。

「……へ？」

「ここは任せて私にもらおうか。君はそこで私の勇姿をしっかりと見ていたまえ」

サリアさんはそう言って頼もしい笑みを僕に向けると、リメインさんに向き直る。

「やれやれ、せっかくいい頭《もの》を持っているのに……残念な思想に囚われているようだ」

「……どういう意味でしょうか」

サリアさんの物言いにリメインさんは怪訝《けげん》な表情を浮かべる。

空気がピリつき、気まずい雰囲気が漂う。

「言葉の通りの意味さ。君は、いやこの教室は『発明』のことを本質的になにも理解していない」

サリアさんは堂々と、この教室をそう否定する。

「私たちが発明のことをなにも理解していないですって……？」

「ああ、その通りだ」

サリアさんはきっぱりと断言する。

今や教室中の生徒の視線がサリアさんに向かっている。

人付き合いが苦手なサリアさんにとってそれはかなりの苦痛のはずだ。しかし彼女はあくまで堂々としていた。

「それはつまり、その『翻訳眼鏡』の方が私の『魔列車』より優れている……そうおっしゃりたいのですか？」

「そうは言っていない。君の開発しているそれも素晴らしいものだと私は思っている」

「……意味が分からないですね。私を馬鹿にしているのですか？」

サリアさんの言葉に、リメインさんは苛立った様子を見せる。

このままだと爆発してしまいそうだ。

「君の方こそなぜわからない？　そもそも発明に上も下もない。新しいものを生み出すということは、どれも等しく素晴らしいものだ。なぜ上下をつけたがる？」

「それは資金が有限だからですよ。全ての開発に平等に資金《リソース》を注ぐことなどできはしません。ならば優先順位をつけるのも当然のことです」

　リメインさんの言うことにも一理あるように感じた。

　どんなに綺麗事を言ってもお金は増えない。ならばお金を生み出すものにお金を使うというのは合理的に聞こえる。

「サリア殿、私の考えは間違っているでしょうか？」

「……いや、間違ってはいない」

　サリアさんの言葉に、リメインさんはホッとした笑みを浮かべる。

　しかしサリアさんの言葉はまだ終わっていなかった。

「間違ってはいないが……愚かだ。資金を平等にできないこと、優先順位をつけなければならないこと、それは他者の発明を愚弄していい理由にはならない」

　そう言い切ったサリアさんは、教室にいる全員に聞こえるように声を出す。

「人の探求したいモノに上も下もないんだよ。全ての探求心は尊重されるべきだ。それが研究者《われわれ》のあるべき姿だとは思わないかい」

　しんと静まる教室。

　サリアさんの言葉はここにいる人に刺さったみたいで、ばつの悪そうにうつむく人がちらほらといた。だけどそんな状況でもリメインさんは納得していない様子だった。

「き、綺麗事だっ！　ではその眼鏡のなにが役に立つというのですかっ!!　多少使い勝手のいい翻訳書程度にしかならないじゃないですかっ!!」

リメインさんの大声が教室に響き渡る。

取り乱す彼とは対象的に、サリアさんは落ち着いていた。

「使い勝手のいい翻訳書、結構じゃあないか。例えば危険な遺跡に赴く時、学者を連れていくことはできない。そんな時これがあれば遺跡探索の効率は大幅に上がるだろう」

サリアさんは眼鏡を掛けながらそれの有用性を話し始める。

「例えば様々な言語を入力したとしよう。人の作り出す文字には規則性《パターン》がある。将来この魔道具で未知の言語を解析できる日も来るかもしれない」

それを聞いたゴードンさんは「そんな使い方が！」と驚く。

確かに凄い使い方だ。魔道具の世界は奥が深い。

しかしまだリメインさんは納得しきってはいなかった。

「そんな、屁理屈《へりくつ》を……！」

「屁理屈ではないさ。発明とはいつも想定外の方向に進化するものだ」

サリアさんはおもむろに上を指差す。

そこにあるのは教室を照らす明かり。あれがいったいどうしたんだろう？

「『魔石灯』。今更説明するまでもないが魔力で光る石を使った明かりだ。今では大陸中で使われる魔石灯だが、あれも元々は灯として発明されたわけではない」

僕はもちろん、ここにいる全員がその話に引き込まれていく。

「あの石は魔力を溜める蓄魔器《バッテリー》としての効果を注目されていた。しかし表面を加工し、中央部に魔

力を流すことで光ることがたまたま発見された。今では蓄魔器《バッテリー》には他の鉱物が用いられ、あの石は魔石灯としてのみ使われるようになった」

そこまで喋ったサリアさんは「では」と切り出す。

「最初の蓄魔器《バッテリー》を作ろうとした発明は無駄だったか？　私はそうは思わない。遠回りをしたからこそ人類は『魔石灯』を発明するに至った。無駄だと、やる必要がないと馬鹿にされる発明、その中にも眠っているはずなのだよ。素晴らしい発明がね」

力説したサリアさんは翻訳眼鏡をゴードンさんに返す。

サリアさんの言葉に感動したのか、ゴードンさんは呆然《ぼうぜん》としている。

「お金になる発明は素晴らしいと思う。しかしそれと同じくらい、お金にならない発明も私は素晴らしいと思う。私がいいたいのはそれだけだ。せっかく素晴らしい才能を持っているんだ、陰湿《つまらない》なことに使わないでくれ」

「ぐ、う……」

リメインさんはしばらく歯嚙《はが》みした後……項垂《うなだ》れる。

他の人たちも目を伏せ、ばつの悪そうな表情を浮かべている。自分が良くないことをしていたっていう自覚があるんだろう。

今日みんな和解して仲良し……みたいなことにはならない。人間関係は複雑だからね。

でもサリアさんの言葉は確実にここの教室の人たちの心に届いたはずだ。ここから変わっていくかは彼ら次第だ。

「ではそろそろお暇しよう。今日は面白い経験をさせてもらった。ありがとう」

サリアさんはそう言うと、踵《きびす》を返して教室を出ていく。

僕は慌ててその後ろをついていく。するとリメインさんがサリアさんの背中に言葉をなげかける。

「貴女は……一体なにを研究しているのですか？」

「今協会にもっとも求められていないことさ。気になるなら見学に来るといい、後輩の面倒を見るのも慣れてきたところさ」

そう言ってサリアさんは今度こそその場を後にするのだった。

◇◇◇

発明の教室から出た僕とサリアさんは、時計塔へと戻った。

するとサリアさんの体からボフン！　と煙が出て、幼女の体に戻る。

どうやら今は小さな体が通常状態で、薬を飲んでから一定時間だけ元の体に戻れるみたいだ。

「サリアさん、ありがとうございます。まさかあそこまでしてもらえるなんて……」

あの教室に行くだけで、サリアさんにはかなり負担がかかったと思う。

それなのにあそこまでやってくれるなんて。見ていて僕は胸が熱くなってしまった。

「……礼を言いたいのは私の方だよ後輩くん」

「へ？」

「君がいなければ、私は向かい合うことができないままだった。目をそらし、蓋をして、心の奥底にそれを押し込めたまま生きていただろう。今日ずっと思っていたことを全部ぶちまけたことで心のモヤは晴れた。今は清々しい気分だよ」

そう言って笑うサリアさんは、本当にすっきりした顔をしていた。

「だからありがとう。君のおかげで私は救われた」

「いや、そんな……」

まさか自分がお礼を言われるとは思ってなかった。

恥ずかしくなって頭をポリポリとかいてしまう。

「サリアさん。あの教室は変わるでしょうか?」

「さあ、どうだろうね。変わるかもしれないし、変わらないかもしれない。人の心の変化に公式は存在しない、どうなるかは私にも想像つかない」

サリアさんはそう言う。

だけどサリアさんの話を聞いてなにかを感じていそうな生徒は何人もいた。ゴードンさんもその一人だ。

「きっと変わりますよ。僕にだって響いたんですから、あそこにいた人たちの心に届かないはずがありません」

「ふふ、そうなってくれると嬉しいんだけどねえ」

◇　◇　◇

発明の教室での一件から一週間後。

僕はいつもと変わらない日々を過ごしていた。

あれから発明の教室には足を運んではいないけど、特になにかトラブルが起きたみたいな話は聞こえてこない。まだあそこに足を運ぶのは抵抗があるから、今度ゴードンさんにあったらどうなったか聞いてみようかな。

と、そんなことを考えながらHR《ホームルーム》を聞いていると、マクベル先生が気になることを話す。

「えー、学園に空いた大穴のことだが、魔法による補強工事も行われて安全が確認された」

その言葉に教室のクラスメートたちがざわつく。

あの穴ができてからずっと調査が行われていたけど、ようやくそれが一段落ついたんだね。危険がなくてホッとした。

「どうやらあの中は元々空洞だったみたいだ。それがなにかの拍子に壁が崩れ、露わになったらしい。そして中にはかなり昔に立てられた建築物、遺跡が残っていたという。貴重な資料になるそうだから、少ししたらもっと本格的な調査をするそうだ。本来なら完全に調査が済むまでは立ち入りできないんだが……なぜか今回は許可が出てな。生徒も見学が許されたんだ」

「え……！」

僕は思わず声を漏らす。

まさか中を見ていいなんてことになるなんて思いもしなかった。なんで許可が出たのかは不思議だけど、このチャンスを逃す手はないね。

「これは希望者のみで行う。参加したい生徒は後で私に言ってくれ。大勢で行くと教師一人じゃ引率しきれないから人数は一回で五人まで。できる限り希望者全員を連れていくつもりだが、希望者が多かった場合は無理かもしれない」

穴の中には生徒五人と先生一人の計六人でいくみたいだ。結構少人数だから少し不安だけど、安全が確認されているなら大丈夫だよね。

「希望者は多いと予想されるから、いつ入れるかは分からない。日程が急に決まっても対応できるようにしておいてもらえると助かる」

確かに興味ある生徒は多そうだ。枠に限りもあるみたいだし、早めに立候補した方が良さそうだね。

それにしても五人かあ。誰と一緒に行こうかな？

誘うとしたらクリス、ジャック、ヴォルガ、それにサリアさんとセシリアさんかな。あ、ゴードンさんも興味あるかもしれない。

全員で入るのは無理だけど、みんなに話を聞いてみよう。意見を聞きたいからルナさんにも話してみようかな？

いったいあの大穴の中はどうなっているんだろう、今から楽しみだな。

◇◇◇

次の日の放課後。

僕は一人で大穴の空いた場所を訪れていた。

依然ぽっかりと空いたままの大穴。そこには変わらず立ち入り禁止の立て札と柵があった。

でもその周りにたくさんいたはずの見物客は、すっかり姿を消していた。

たまに立ち止まって眺めている人はいるけど、ずっと見ている人はいなくなっていた。

……一人を除いて。

「やっぱりここにいましたか」

「ん？」

僕の言葉に反応して振り返ったのは、二年のゴードンさんだ。

みんなの関心がなくなった後でも、この人だけは変わっていなかった。あの日と変わらず、穴を見てメモを取っている。

「カルス君じゃないか。いったいどうしたんだい？　君も大穴を見に来たのかい？」

「いえ。今日はゴードンさんに会いに来たんです」

「へ？　私に？」

ゴードンさんは首を傾げる。

自分を訪ねに来たとは露ほどにも思ってなかったみたいだ。

「ご存じかもしれませんけど、大穴の見学ができることになったんです。僕の知る中でもっともあの穴に興味を持っているのはゴードンさんです。なので一緒にどうかなと」

僕のクラスからも見学希望の生徒は何人もいたから、まだ順番は分からないけど無事中を見学してもいいとなった。ゴードンさんも自分で希望を出しているかもしれないけど、一応聞きに来たんだ。

「私を誘ってくれるとは嬉しいよ。だけど……申し訳ないが今回は辞退させてもらいたい」

「あ、やっぱりもう自分で希望を出してましたか？」

「いや、そうじゃないんだ」

ゴードンさんは首を横に振ってそれを否定する。

ならどうして断ったんだろう？　絶対に中に興味あると思ったのに。

「理由を聞いてもいいですか？」

「実は今度、発明の教室の生徒と共同開発をすることになったんだ。今日もこれから打ち合わせがあってね。今週は予定が詰まっているんだ」

「え……⁉」

ゴードンさんは発明の教室の中で孤立していた。

だから一人で研究をしていたはずなのに……まさか。

「君とサリアさんが去って少し後に、声をかけられたんだ。『貴方のしている研究に興味があります。一緒に研究しませんか』とね」

「す、凄いじゃないですか！　おめでとうございます！」

素直にそう言うと、ゴードンさんは恥ずかしそうにポリポリと頭をかく。

隠そうとはしているけど、嬉しさは顔に滲《にじ》み出ている。

「あれから教室の空気は変わり始めている。室長も昔みたいに威圧的な空気を出すことが減ったし、自由な意見も出始めている。これも全て君たちのおかげだよ、ありがとう」

「そんな……サリアさんが頑張ってくれただけで僕はなにもしてませんよ」

「そんなことはないさ。事実私は君にも救われたのだから」

「へ？」

なんのことだろうと首を捻る。

サリアさんを連れていったのは僕だけど、そのことじゃなさそうだ。

「室長が私の研究《こと》を馬鹿にした時、君は怒ってくれた。それがどれだけ嬉しかったか。あの瞬間、私は救われたのだよ」

「……僕は当然のことをしただけですよ」

「いや、そんなことはない。私はずっと孤独だった。みなから相手にされず、まるでこの世界には私しかいないのかと感じるほど、強い孤独を感じていた。だけどあの時、君が怒ってくれたことで私は一人じゃないのだと思うことができるようになった。君は私にとって英雄《ヒーロー》なのだよ」

「そんな……大袈裟《おおげさ》ですよ」

今度は僕が恥ずかしくて頭をかく番になった。

英雄《ヒーロー》だなんて言われたことがないから照れてしまう。

「そうだ。私は共に大穴に入ることはできないが、これを持っていってほしい。たいした物ではな

る。

そう言ってゴードンさんは前に見せてくれた翻訳眼鏡と、腰につける小さな鞄《かばん》を僕に渡してくれた。

「この眼鏡は知っていますが、この小鞄《ポーチ》はなんですか？」

「それは『空間拡張』の効果が付いた小鞄《ポーチ》だ。見た目は小さいが、大きめのリュック並みの収納性能を持っている。私の手作りなので一級品の魔道具には劣ると思うが、役に立ってくれるはずだ」

空間拡張の効果が付いた鞄はかなりの高級品だ。

体一つで旅をする冒険者ならみんな欲しがる大人気魔道具。当然値も張るし、なかなか手に入らない。

それを作れるなんてゴードンさんの実力はやっぱり高いんだね。

「い、いいんですか⁉　こんな物いただいてしまって‼」

「ああ、もちろんだとも。存分に使い倒してくれ。とはいっても運良く作れた物なので代わりはないのだけどね」

そう言ってゴードンさんは楽しげに笑う。

そんな大事な物をくれるなんて……僕は目頭が熱くなる。

「どちらも大切に使います。ありがとうございます」

「喜んでくれて私も嬉しいよ。大穴の見学、私の分も楽しんできてくれ」

その後僕はいただいた魔道具の使い方を聞き、ウキウキで帰宅したのだった。

◇◇◇

その後、大穴の中に入るのは僕とクリス、ジャックにヴォルガ、そしてセシリアさんというメンバーに決まった。

サリアさんも誘ったんだけど、「外に出る体力は使い果たした」と断られてしまった。

だけど穴の中のことに興味はあるみたいで、中の様子を詳しく教えるようにと命令《ミッション》を受けた。

サリアさんにはお世話になっているし、キチンとこなさなきゃ。

そして、当日。

時刻はお昼ごろ。授業は午前中で終わりの日だったから探索に時間をたっぷり取れる。

「よし。全員揃《そろ》ったな」

引率するために来てくれたマクベル先生が僕たちを見て言う。

天気は晴れ。横穴に入るのだから意味はないけど、晴れていると気分も晴れる。絶好の探検日和《びより》だ。

「それにしてもお前たちは運がいいな。結構な希望者がいたはずだけど、まさか最初の組に選ばれるなんて」

マクベル先生は上機嫌に言う。

そう、僕たちはなんと見学許可を貰えただけじゃなくて、最初に入る組に選ばれたんだ。別に最初に入りたかったわけじゃないけど、それでも他の人より先に入れるのは特別感があって嬉しい。

少しできすぎな気もするけど、今は素直に喜んでもいいよね。

「セシリア様、やはり誰か付き添いをつけた方が……」

見ればセシリアさんのもとに、彼女のお付きをしている生徒が三人集まっていた。

今回の探検は人数制限がある、彼らは入ることができないんだ。

安全が確認されているけど不安なんだろうね。

「私は大丈夫です。すぐに戻りますからここで待っていてもらえないでしょうか？」

「ですが……」

お付きの生徒は食い下がる。

それほどまでにセシリアさんは慕われているんだ。

「あの、セシリアさん。本当に大丈夫ですか？」

お付きの人たちの必死な形相を見て、僕は思わずそう尋ねる。

するとセシリアさんは「大丈夫です」とキッパリ言い放つ。

「彼らは少し心配しすぎるのです。たまには私と離れることも必要でしょう。貴方たちもいい加減にしませんと……怒りますよ？」

笑顔でそう言い放つセシリアさん。怒った顔で言われるよりも怖い。

お付きの人たちも同じ恐怖を感じ取ったのか、しゅんとしながら引き下がる。

どうやら話はついたみたいだね。

「しっかし本当に穴の中は安全なのかね。俺ぁ嫌な予感がするぜ」

「なんだ、入る前から怖気ついているのかジャック。帰ってもいいんだぞ?」

「う、うっせえ！　誰が帰るか！」

少し離れた所でジャックとヴォルガが言い合いしている。

二人もずいぶん仲良くなったなあ。

と、ほのぼのしていると僕の横にクリスがやって来る。

僕を見つめるその瞳は、いつも通り自信に満ち溢《あふ》れている。いてくれるだけで心強い、クリスはそんな存在だ。

「どうしたのカルス、やけに静かじゃない?　もしかしてビビってるの?」

「違うよクリス。僕はワクワクしてるんだ」

今まで僕はずっと屋敷の中で生活をしていた。

そこでの暮らしは幸せではあったけど、刺激はなかった。

「知らない場所、入ったことない建物、初めて会う人に初めて触れる物。外に出てから僕は驚きっぱなしだ。今回の探検もきっと驚きに溢れるものになる。そう思うとワクワクしちゃうんだ」

「ふうん……」

そう言ってクリスは優しい笑みを僕に向ける。

「な、なに?　僕なんか変なこと言ったかな?」

「別に。ビビったなんて情けないこと言ったらお尻を蹴っ飛ばしてあげようと思ってたけど、それはしなくてよさそうね」

そう言ってクリスは僕から離れる。

ううん……女の子はなにを考えているのか分からない。シリウス兄さんの凄さを痛感する毎日だ。

「彼らが君の友人たちか。いい関係を築いているじゃないか」

「はい、そうなんですよ……って、ええ⁉」

横から突然謎の人物に話しかけられ、僕は飛《と》び退《の》く。い、いったいいつからいたの？

その人物は被ったとんがり帽子をずらして僕を見上げる。

「いい反応をするじゃないか。わざわざ出てきた甲斐があったというものだ」

「る、ルナさん⁉」

なんとそこにいたのは時計塔の地下に幽閉されていたはずのルナさんだった。

でもいつもより小さい。ということはこの前みたいに精霊状態になっているってことかな？

「なんでルナさんがここに？　あそこから出られないいんじゃなかったんですか？」

「私もそう思っていたのだが、この前試してみたら出ることができたのだ。といってもこの精霊状態の時のみで、学園の敷地より外には無理だったがな」

「はあ……そうだったんですね……」

「ああ。だがそれよりいいのか？　お前の友人が不思議そうに見ているぞ？」

「へ？」

気づいたらクリスたちが僕のことを少し引いた目で見ていた。

あ。そういえば今のルナさんは精霊と同じ状態だった。他の人には当然その姿は見えていないはずだ。

「いや、あの……はは。ちょっとセレナと話してて」

「私のせいにしないでよ」

セレナにそう突っ込まれながらも、僕はなんとかその場を切り抜ける。

ふう、危なかった。僕は今度は不審がられないように、自然な態度かつ他の人には聞こえない程度の声量でルナさんと話す。

「あそこから出られるようになったのは分かりましたが、今日はなんでここに？　もしかして見送りに来てくれたのですか？」

「そうではない。単純にあの穴が私も気になったのだよ」

そう言ってルナさんは大穴に目を向ける。

「あの穴からは嫌な気配がする。気をつけた方がいい」

「……分かりました」

安全は確認されていると先生が言っていたけど、僕は念のため警戒する。

なにも起きないといいけど。

「準備はいいな？　それじゃあ出発するぞ」

マクベル先生を先頭に、僕たちは大穴の中に足を踏み入れる。

不気味にぽっかりと空いたその穴は、なんだか大きな口のようにも見えて……僕は少しだけ背中にぞくりとした寒気を感じた。

◇　◇　◇

大穴の中は、外から見た通り真っ暗だった。

マクベル先生が魔石灯のランタンで地面を照らしてくれているけど、その明かりはちょっと心もとない。

足元はゴツゴツしていて危ないし、もうちょっと明るくしておこう。

「光在れ《ライ・ロ》」

少し大きめの光の玉を出して、周囲を明るくする。これなら躓《つまず》く心配もなさそうだ。

僕が魔法を使ったのを見て、隣を歩くクリスが話しかけてくる。

「光魔法はこういう時に便利ね。羨ましいわ」

「ありがとう。こういう時は任せてよ」

クリスの使う炎魔法も明かりにはなるけど、狭い場所や森の中だと危険が伴う。

火事になる恐れがあるし、密閉した空間だと酸素が薄くなってしまう。その点、光魔法は安全だ。

むしろ光に近づくと心が落ち着くくらいだ。

「お、なんか見えてきたぜ」

ジャックが声を上げる。

本当だ、建物の残骸みたいなものが大穴の中に見え始めた。

誰かが昔、穴の中で暮らしていたのかな？　それとも住んでいた場所が土砂崩れとかで埋まってしまったんだろうか。興味深いね。

「マクベル先生。この建物がなにかは分かったんですか？」

「まあだいたいな。この建物はレディヴィア王国が建国されるより前のものらしい」

「そんなに古いものだったんですね……！」

レディヴィア王国が建国されたのは確か神亡暦九八〇年のことだ。

ということは少なくとも五百年以上前の建物ということになるね。

「王国ができるより前、この地には黄金都市ジルパンという都市があった。かつて栄華を極めたその都市だが、突如現れた化物によって滅んだと言われている。お前たちも知っているな」

マクベル先生の言葉に僕たちは頷く。

「『魔の者』ですよね？　何度も絵本で見たので知っています」

どこからともなく現れ、大きな都市を一瞬で滅ぼしたとされる黒い化物、それが『魔の者』だ。

詳細な資料は一切残ってなくて、どんな生態をしているのか、そもそも生物なのか、詳しいことはなにも分からない。

分かっていることは二つだけ。

どこからともなく現れ、ジルパンを滅ぼしたということ。

そして僕のご先祖様、アルス・レディツヴァイセンの手によって滅ぼされたということだけだ。

「この建物群は魔の者の手によって壊されたということになる。他にそのような物は、ほぼ残っていないからな、貴重な歴史資料になる」

「確かにそうですね……」

風化した建物には、いくつもの傷がついている。

獣の爪で切られたみたいな跡だ。きっと魔の者の仕業なんだろう。

「ねえセレナ。セレナは魔の者を見たことないの？」

「ないわ。私はずっと人のいないところでのんびり暮らしてたもの」

興味なさげにセレナは答える。かなり昔から生きているはずのセレナだけど、昔のことは意外と知らない。そもそも過去に他の人間に憑いたことがないらしい。

「ルナさんは魔の者については知っているんですか？」

隣をちょこちょこと歩くルナさんにも尋ねる。

「ああ、そうだな。何度か戦ったことがある」

「え、そうなんですか⁉　いったいどういう奴らなんですか？」

「醜悪でおぞましい化物だよ。知性はなく、品もない愚物だ。何度この手で消し去ったか分からない」

そう語るルナさんの目からは強い嫌悪感を感じた。

どうやらよっぽど嫌いみたいだ。僕としてはもっと話を聞きたいけど、ルナさんはそれきり黙ってしまう。今は、これ以上聞けないみたいだ。

「お、見えてきたぞ。あそこが最奥部だ」

マクベル先生の言葉につられ、僕は正面を見る。

そこにあったのは石でできた大きな門。もともとは石の扉で塞がれていたみたいだけど、それは崩れてしまって中に入れるようになっている。

「先生、ここはどういう場所なんですか？」

「それはまだ調査中だ。ただ危険はないということだから安心してくれ」

みんなはぞろぞろとその遺跡の中に入っていく。

僕もそれに続こうとして……あることに気がつく。

「あれって……」

それは門の上に刻まれた文字。

風化してかすれてしまっているけど、ぎりぎり読めそうだ。

「あの形、たぶん古代文字だよね？　じゃああれを使えば読めるかもしれないね」

僕はゴードンさんに貰った小鞄《ポーチ》から、これまたゴードンさんから貰った『眼鏡』を取り出す。

この眼鏡には翻訳機能がついている。確か古代文字に対応していたはずだ。

さっそく僕は眼鏡を付けて、文字を確認する。

「なになに……」

ピピピ、と音を出しながら眼鏡は文字を認識する。

そしてその数秒後、そこに書かれていた文字を僕のよく知る文字に変換してくれる。

「えっと『我が最大の友、ここに眠る』……？　いったいなんのことだろう」

もしかしてこの遺跡は誰かのお墓なのかな。

そんなことを考えていると、再び眼鏡がピピピピと鳴り出す。

「へ？」

故障かとちょっと焦ったけど、違う。

眼鏡はさっき読み込んだ文字の隣に反応している。

「なにか書いてある……？」

眼鏡が反応しているところをよく見てみると、小さく文字が書かれている。

暗いせいで全く気がつかなかった。高い所にあるし、もしかしたら調査した人たちもまだ気がついてないかもしれないね。

僕は眼鏡の横にあるダイアルを回してズーム機能を使う。

すると視界がその文字列にグッと寄ってくれる。便利な機能だ。

「これも古代文字だよね。なんて書いてあるんだろ」

待つこと数秒。眼鏡が翻訳を終えてその結果を映し出してくれる。

それを見た僕は……驚いて声を失う。

「『アルス・レディッヴァイセン』……！　なんでご先祖様の名前がここに……!?」

謎の遺跡に残された、ご先祖様の名前。

僕はまだこの遺跡に残された秘密を、なにも知らない。

◇　◇　◇

暗く、ひんやりとした遺跡の中に入る。

中は結構広くて、壺《つぼ》とか人の像とかが置かれていた。

「いったいここはなんの遺跡なんでしょうか？」

「この遺跡は外の建物より後、王国ができた後に建てられたらしい」

僕の疑問にマクベル先生が答えてくれる。

それが本当なら遺跡に書いてあったあの名前にも納得がいく。

レディヴィア王国の建国者にして初代国王、アルス・レディツヴァイセン。

僕のご先祖様だ。

外には彼の名前とともに『我が最大の友、ここに眠る』と書かれていた。ということはこの遺跡はご先祖様の友達のお墓、という線が濃厚だ。

でもなんでこんな人目のつかない所にお墓を作ったんだろう。まだ分からないことが多いなあ。

「……ここが一番奥だ。あまり物を触るなよ」

最奥部にたどり着くと、マクベル先生がそう言う。

その部屋には大きな白い竜の像が置いてあった。今にも動き出しそうな、立派で精密な彫刻だ。

みんなその像を見て「凄い……」と圧倒されている。

僕も美術品に詳しいわけじゃないけど、この像が凄いのは分かった。目が離せず、ついつい見入ってしまう。

「……ん？」

像を見ていた僕はあることに気がつく。

すると僕の様子を見て察したマクベル先生が話しかけてくる。

「気づいたかカルス」

「あ、はい。この竜、尻尾が二本ありますよね」

竜には細くて長い尻尾が二本生えていた。

尻尾が二本生えている竜、確かに珍しいけど、この王国ではそれはもっと深い意味を持つ。

「調査の結果、この像は『双尾の白竜』を模した物で間違いないそうだ」

「やっぱり……！」

かつてこの地で魔の者を倒したご先祖様。

その相方にして最強の仲間、それが『双尾の白竜』だ。

「なんだ？　その双尾の白竜というのは」

ルナさんがそう尋ねてくる。

そっか、ルナさんはこの国ができた時にはもう地下に封印されていたから知らないんだ。

「双尾の白竜はこの国の初代国王、アルス様と一緒に魔の者を倒した伝説の白竜なんだ」

僕はルナさんにその竜のことを説明する。

双尾の白竜はその名の通り二本の長い尻尾を持ち、高速で空を駆け、口から光のブレスを吐いたという。その伝説は今も語り継がれていて、王国に住む人たちの信仰対象にもなっている。

伝説によるとアルス様は槍《やり》を携え、その竜の背に乗って戦い魔の者に勝利したと言われている。その功績を称え、この国の紋章には二本の尻尾を持つ竜の姿が描かれているんだ。

僕の説明を聞き終わったルナさんは「……ほう」と興味深そうに声を出す。

「そのような存在がこの地にいたのか。尾が二本の竜とは珍しい。ぜひとも会ってみたかったものだ」

「その竜はアルス様が亡くなられたのと同時期に姿を消したと言われています。今はどうしているんでしょうね」

竜は長い時を生きる生き物だ。もしかしたら生きているかもしれないけど、そうだったらもう人の住む所からは離れて生きているだろうね。

「双尾の白竜は謎の多い存在だ。文献もあまり残されていない。この像は白竜のことを知る大きな手がかりになるだろうな。かなり貴重な物だからお前ら触るなよ」

マクベル先生は特にジャックの方を向いてそう言った。

僕はしばらくその像を眺めた後、視線を下げる。するとセシリアさんが両手を組んで祈っていることに気がつく。

祈るその姿はとても神聖で……まるで絵画のように感じた。

彼女はしばらくそうしていた後、組んでいた手を解き僕の方を見る。どうやら僕が見ていたことに気がついていたみたいだ。

目を布で覆っているのにどうして分かるんだろう。謎だ。

「白竜伝説は聖王国でもよく知られているお話です。私も小さい頃読んでわくわくしました」

「そうなんですね。確かに白竜は光を操ったという伝説もありますから聖王国で有名なのも頷けますね」

セシリアさんの故郷、聖王国リリニアーナは光魔法を神聖視している国だ。

白竜のことが有名なのも当然だ。

「それにしてもいったいなぜこの遺跡は地中深くにあるのでしょうか。白竜のことを祀《まつ》りたいのであれば、人目につくところの方がよさそうですが……」

「そうですね。僕もそれを不思議に思っていました」

この遺跡に書かれていた文字。

『我が最大の友、ここに眠る』。

その友がこの白竜なのは間違いないだろう。

しかしなんでその最大の友をこんな所に隠していたんだろう。

静かに眠らせてあげたかった？　いや、それなら王城の中にでも建てるべきだ。

この遺跡のことはたぶん国王である父上も知らない。本当に秘密裏《り》に建てられた物だ。

いったいなんで。考えても答えは出ない。

「……どうやらこれ以上見るものはなさそうだな」

みんながしばらく黙っていると、ヴォルガがそう呟く。

確かにここにある物はだいたい見た。あまり長居していると外も暗くなっちゃうから出てもいいかもね。

「じゃあ外に出るとしようか。忘れ物がないように気をつけろよ」

マクベル先生がそう言って遺跡の出口に向かう。

僕たちもその後に続いて外に出ようとしたその瞬間……ルナさんが立ち止まる。

「……来るぞ」

「え？」

なにがですか？　そう尋ねようとした瞬間、遺跡の床と壁にビシシッ‼　と亀裂が入る。

「なっ⁉」

咄嗟《とっさ》に僕らは一箇所に固まり、身を寄せ合う。

僕はあたりの様子を観察しながら、魔法を使う準備をする。光魔法は防御に優れる魔法だ、もし天井が崩落したら僕とセシリアさんの力が役に立つ。

「カルス、魔法の準備をしろ。来るぞ」

ルナさんは真剣な表情を浮かべながら聞いてくる。

なにが来るかは気になるけど、今それを聞いている暇はない。僕は首を縦に振りながら相棒に話しかける。

「わ、分かりました！　セレナ、いける⁉」

「ええ。いつでもいけるわ」

相棒のセレナが自信満々に答える。

よし、なんでもこい。そう思っていると、亀裂がどんどん広がっていき……その下から黒いドロドロとしたなにかが噴き出してくる。

「なんだあれは……⁉」

その黒いものはアメーバのようにぐにょぐにょと気持ち悪く動き、完全に亀裂から出てくる。

そしてその姿を変えていき、手に足、口を作ってしまう。

丸い体に細い手と足、それに気味の悪い舌と歯が覗く口、見るからにやばいモンスターだ。

それを見たクリスは「ひ……っ」と小さく悲鳴を上げる。

「な、なによアレ！　気持ち悪い！」

「落ち着いてクリス。アレはなんかとても……危険な感じがする」

その黒いモンスター？　は僕たちの方をジッと向いていたと思うと、にちゃあ……と醜悪な笑みを浮かべる。

『……ツケタ』

なんとそれは言葉を発した。

僕は耳を澄まし、その言葉を必死に聞き取ろうとする。

するとそれは……想像もしていなかった言葉を口にした。

『ミツケタゾ……アルス……ッ！』

「なんだこいつ！　モンスターか⁉」

「でもこんなモンスター、本でも見たことねえぞ！」

ヴォルガとジャックが謎の化物を警戒しながら言う。

確かにこんな生き物、僕も全く知らない。

黒くぶよぶよした体に、おぞましい口。全身から腐ったような異臭を放ち、体から滲み出る魔力は身震いするほど恐ろしい。

まるでこの世界の恨みや憎しみ、そういった負の感情を凝縮して生命を与えたような、そんな雰囲気すら感じる。

そしてなにより気になるのは、これが口にしたあの言葉。

『ミツケタゾ……アルス……ッ！』

一体なにを言っているんだ？　と、最初は思った。

だけど次の瞬間、僕はこの遺跡で見たあの文字のことを思い出してぞっとした。

こいつの言っている『アルス』はきっと、僕のご先祖様『アルス・レディツヴァイセン』のことだ……！

『ガアアッ!!』

黒い化物が大きく口を開いて襲いかかってくる。

それの体長は四十センチほどと大きくはない。しかしその口は人間のそれよりずっと大きい。体のほぼ全てが口と言っても過言じゃない大きさだ。あれに噛《か》まれたら大怪我じゃすまないだろう。

「どうやらやる他ないようだな、雷の槍《リ・サクス》！」

ヴォルガは素早く雷の槍を生み出すと、それを投擲《とうてき》して黒い化物の口内に突き刺す。

槍はそれの体を貫通して、串刺しにする。黒い肉片が辺りに散らばり、異臭が一層強くなる。

「これの正体は気になるが、ひとまず洞窟から出たほうが良さそうだな」

「ああ、これは異常事態だ。一刻も早くここから出よう」

ヴォルガの言葉に、マクベル先生が同意する。

白竜のこと、ご先祖様のこと、そしてこの化物のこと……気になることはたくさんあるけど、確かに今は身の安全を確保するのが最優先だ。この異常事態を早く外に伝えないと。

僕たちは急いで遺跡から出ようとする。だけどその瞬間、再び床に亀裂が走る。

「くっ……！」

そして次の瞬間、亀裂から黒い化物たちが大量に湧き出してくる。

大きいのから小さいの、地を這《は》うものから翼で飛ぶものまで現れる。そのどれもが黒い肉体を持っていて、僕たちを狙い牙を剝《む》いている。

『アルス……ユルサナイ……』

『ヨクモワレラヲ……チノソコニ……』

『イマコソ、フクシュウノトキ……！』

『シュクゴダ、シュクゴノニクヲクワセロ……』

現れた化物たちは口々に呪いの言葉を吐く。

一触即発の空気の中、僕はルナさんに話しかける。

「ルナさん、奴らはもしかして」

「ああ。奴らが『魔の者』だ。まさか再び見《まみ》えることになるとはな」

「あれが……『魔の者』……！」

その名前に僕は顔を曇らせる。

魔の者、それはかつて国を滅ぼした最悪の化物の名前。伝承上にしか現れない存在だ。

まさかそんなものが現れるなんて……。

「奴らは生者を痛めつけるのを至上の喜びとする。特に光の魔法使いは奴らがもっとも敵視する存在と言える。生きて帰るためには戦う以外に道はないぞ」

「……そう、ですか」

緊張で渇いた口を動かし、そう答える。

するとジャックが近づいてきて、「おいカルス、さっき言ってたのは本当なのか？」と聞いてくる。

どうやら僕が『魔の者』と口にしたのが聞こえたみたいだ。

「うん、間違いないと思う」

ルナさんのことは話せないので、奴らは本で見た姿とそっくりだと伝え信じてもらう。

僕の言葉にジャックは動揺したけど、クリスは落ち着いていた。彼女は黙って腰に差した剣を抜き、構える。

「ま、相手が誰だろうと関係ないわ。邪魔をするなら斬るだけよ」

「ああ、そうだな」

クリスに続き、ヴォルガもやる気満々で構える。

こうなったらやるしかなさそうだ……僕も戦う覚悟を決める。

『ギギ……』

にらみ合っていると、魔の者の一体がこちらににじり寄って来て……駆け出す。すると堰《せき》を切ったように他の者たちも一斉に駆け出してくる。

出口は魔の者たちを越えた先にある、戦う以外に道はない。

「みんな！　逃げるのを第一目標に戦おう！　誰か一人でも外に行って助けを呼ぶんだ！」

僕の言葉にみんなが頷く。

魔の者を全部倒せるならそれが一番だけど、奴らがどれだけいるか分からない。応援を呼びに行くのが最善手のはずだ。

「炎の武器《フ・バーフ》!!」

炎を剣に纏《まと》わせたクリスが、魔の者の群れに切り込む。

魔の者たちはその鋭い牙や爪をクリスに突き立てようとするけど、クリスは無駄のない洗練された動きでそれを回避して、魔の者たちを次々と斬り裂いていった。

やっぱりクリスは凄い。前に会った時よりずっと強くなってる。

「ちっ……キリがないわね」

だけど斬られた魔の者たちは大きな傷を負っても、少しすると起き上がって再び襲いかかってきた。普通の生き物なら死んでもおかしくない傷を負っても、だ。

たとえ体を真っ二つにされても、新しい手や足を生やしたり断面をくっつけて再生したりなど、明らかに普通の生き物からはかけ離れた再生方法で復活する。

もちろん不死身なわけじゃなくて、大きなダメージを与えれば溶けて消えるんだけど、それでもこの再生力は脅威だ。

こんな化物どうやって倒せばいいんだ。そう思っていると、

「来たれ、大いなる光よ。魔を滅し、光溢れる世界を齎《もたら》してください」

突然聞こえる詠唱。

そしてそれと同時に後ろから大きな魔力を感じる。

振り返るとそこには光の粒子に包まれたセシリアさんの姿があった。彼女も上位魔法を使えるようになっていたんだ。

「大いなる光の照射《ラアズ・ライ・ルクス》」

部屋を埋め尽くすほどの眩《まばゆ》い光が放たれる。

その光を浴びた魔の者たちの体は焼け、『ガア……ゥ……！』と苦しみながら次々と倒れていく。

明らかに他の魔法よりも効いている。

「白竜伝説では白竜が光の力で以《もっ》て魔の者を殲滅《せんめつ》したと言われています。どうやら光魔法は魔の者によく効くみたいですね」

「なるほど、だったら僕だって！　光の剣《ラ・ソール》！」

光の剣をいくつも生み出し、魔の者たちに突き刺していく。光の剣が突き刺さった魔の者は苦しみ、体が溶けて消え去っていく。

よし、これならなんとかなりそうだ！

『ギギィ……マタシテモワレラヲハバムカ……ッ!!』

一層強くなる魔の者たちの攻撃。

僕とセシリアさんは光魔法を使い必死にそれらを押さえ込む。

「あと、少し……！」

徐々に前に出てきた僕たちは、とうとう遺跡の入口近くまでたどり着く。

しかしそこで再び地面から魔の者が三体ほど湧き出して飛びかかってくる。虚を突かれた僕たちはすぐに反応できなかったけど、その瞬間青い光の剣が三本頭上から降り注ぎ、その魔の者を串刺しにした。

「ふん。力の大部分を失ったとて、これくらいならできる」

そう言ったのはルナさんだった。凄い、精霊状態になっても魔法が使えるんだ。

「ありがとうルナさん、これなら……！」

魔の者たちはその青い剣を過剰に恐れて、動きが鈍くなっていた。その隙をついて僕たちは全力で走る、だけど、

「なっ⁉」

今までとは比べ物にならないほどの大きさの亀裂が床に入り、そこからとてつもない大きさの魔の者が姿を現した。

現れたその化物の全長は十メートルほど。遺跡の天井まで届く大きさだ。

生えている八本の手足は太く大きい。人間なんて簡単に踏みつぶせてしまいそうだ。

この大きさだと上位魔法ですら倒せるか分からない。セシリアさんと上位魔法を同時に撃てば効くかもしれないけど、そうはいかなかった。

「はあ……はあ……！」

ここに来るまでにセシリアさんはかなり魔法を使ってしまっていた。

呪いのせいで人並み外れた魔力を持つ僕ですら結構つらくなってきているんだ、セシリアさんの魔力はもう尽きかけているに違いない。

どうすれば、どうすればいいんだ。

思考を必死に巡らせる中動いたのは、意外な人物だった。

「泥よ濘れ《ズォ・ロ》！」

突然魔の者の足元の地面が泥に変化する。

大きな体を持つ魔の者の体重は当然重い。足がずぶずぶと沈んでいってしまう。

「へへ、どんなもんだい。お前みたいなデカブツにはよく効くだろ」

そう得意げに笑ってみせたのはジャックだった。

「ジャック！　いつからこんな魔法を⁉」

「お前に弟たちのことを聞いてから特訓してたのさ。もっとすげえ魔法を覚えてから披露しようと思ってたんだけどな」

「この魔法でも充分凄いよ！　これって複合魔法でしょ⁉」

複数の属性を扱える魔法使いは、その属性を組み合わせることができる。

泥なら水と土の複合魔法だ。

でも複数の属性が使える魔法使いがそもそも少ないし、その中でも複合魔法が使える人はごく僅かだと聞いたことがある。

ジャックはあの日、弟さんと妹さんの話をしてから、人が変わったように努力するようになった。

それが実ったんだ！

『ガ……ア……！』

魔の者は泥に足を取られながらもこっちに向かってくる。

するとジャックはダメ押しとばかりに魔法を唱える。

「いい加減止まりやがれ！　木の捕縛《モ・バイン》！」

泥の中から太い木の幹が生えてきて、魔の者の体を縛りつける。

凄いパワーだ。あの巨体を押さえ込んじゃうなんて。

「俺の作った泥は栄養たっぷりでな……そこから生えた木は元気いっぱいって寸法よ……！」

ジャックの使える三つの属性、土、水、木を存分に活かした戦法だ。

まさかこんな技を生み出していたなんて驚きだ。

「カルス！　長くは押さえられねえ！　頼んだぞ！」

「うん！　任せて！」

ジャックの作り出してくれたチャンスを無駄にはしない。僕は魔力を溜め、魔法を放つ準備をする。

狙うは大きく開いた口。一発で決める！

「――大いなる光の剣《つるぎ》よ。魔を裂き、光溢れる世界を齎し給え」

詠唱をして、セレナとの息を整える。

焦りそうになる気持ちを落ち着かせ、僕はその魔法を完成させる。

「大いなる光の剣《ラアズ・ライ・ソール》!!」

魔法を発動させると、光り輝く巨大な剣が僕の頭上に現れる。

その剣は魔の者の大きな口めがけて発射され、見事口内に突き刺さった。

『ガ……ア……ッ!?』

魔の者は苦しそうにもがき、呻《うめ》く。

なんとか刺さった剣を噛んだり頭を振ったりして抜こうとするが、剣は体を貫通するほど深く突き刺さっている。そう簡単に抜けたりしない。

大きな魔の者の体はぼろぼろと崩れ、消えていく。いくら頑丈な魔の者といえど、体の中に光魔法を食らえば耐えきることは不可能だったみたいだ。

「よし、これで……」

遺跡から脱出できる。そう思った次の瞬間、再び床の亀裂から魔の者が湧き出てくる。

どれだけ潜んでいるんだ……こんなのキリがない！

「光在れ《ライ・ロ》！」

光の玉を大量に出して、発射する。

少しでも抑えて逃げる隙を作るんだ。

「はあああっ‼」

地面より這い出る魔の者たちに降り注ぐ、光の雨。

魔の者たちは苦しんで勢いを落とすけど、完全に止めるまでには至らない。

そんな中、命中精度よりも数と威力に力を割いたせいで一つの光の玉があらぬ方向に飛んでいってしまう。

その光の玉が飛んでいった先には白竜の像があった。

「あっ」

思わず声が漏れる。

光の玉が当たった白竜の像は壊れるかと思ったけど、なんとその像は光の玉を吸い込んでしまった。そして白竜の像の目に光が灯った。

「……どうなっているの？」

困惑した次の瞬間、白竜の像の口から眩い閃光《せんこう》が放たれる。

目を開けていたら失明してしまうくらいの凄まじい光だ。その眩《まぶ》しさに僕は咄嗟に手で目を覆う。

確認できないけど多分他のみんなも同じことをしているだろう。

少しして光が収まったのをまぶた越しに感じた僕は、手をどけて目を開ける。

するとそこにいた魔の者は全て消え去っていた。

「助かった……の？」

現実感がなくて混乱する。

倒した魔の者の体は溶けて消えてしまうから、床には死体も残っていない。本当に魔の者と戦っていたのかすら分からなくなる。

それにしてもさっきの光は凄かった。まさか白竜の像にあんな機能が隠されていたなんて。

こんな仕掛けを用意していたってことはご先祖様はこの事態を予期していたのかな？

「とにかくここから出ましょ！　いつまたあいつらが襲ってくるか分からないわ」

「うん。そうだね……」

クリスに同意して、僕は遺跡から出ようとする。

するとその瞬間、白竜の瞳が再び光る。また光が放たれるのかと思って警戒したけど、そうはならなかった。

「これは⁉」

突然僕の足元が強い光を放つ。

見るとそこには光り輝く魔法陣が出現していた。それの効果のせいか足が全く動かない。

「カルス！」

クリスが僕に手を伸ばすけど、その手も見えない壁で阻まれてしまう。どうすればいいんだと混乱していると「カルスさんっ！」と僕を呼ぶ声が聞こえてくる。

声のする方を見ると、なんとセシリアさんの足元にも魔法陣が現れていた。

他のみんなは無事だ。僕とセシリアさん、光魔法を使える二人のみが魔法陣に囚われてしまっていた。

「待ってて！　今助けるから！」

クリスは必死な表情をしながら透明な壁を攻撃し、僕を助けようとしてくれる。

しかしいくら殴ったり斬ったりしても透明な壁はビクともしなかった。

「クリ……ス……」

必死にクリスの方に手を伸ばす。

だけどその手は彼女のもとに届くことなく……次の瞬間、僕の視界は黒で染められた。

○用語事典Ⅶ

存在次元域

そのものが存在している次元域。幾重にも重なった層の形をしている。
存在次元域がズレているほど、お互いを知覚することが出来なくなる。
精霊が存在する方向を『精霊《アストラル》次元』、人間が存在する方向を
『物質《マテリアル》次元』とサリアが名づけた。
魔力の存在次元域は広いため、
人間と精霊のどちらもにも干渉することができる。

星の胎座

星の中央にあると言われる、いつか還る場所。生を全うした魂は一度この場に還り、
無垢なる魂となって再び新しい生を受けると言われている。

教室制度

魔法学園が採用する特殊な制度。
生徒は六種類ある教室から自分の興味がある分野の教室を選び、
そこで志を同じくする生徒とともに切磋琢磨する。
上級生の意見を聞ける貴重な場所であるため、
ほとんどの生徒はこの制度を利用する。

第二章　白竜伝説

「う、うう……」

痛む頭を擦《こす》りながら、僕は体を起こす。

ここは……どこだ？　真っ暗でなにも見えない。ひとまず明かりをつけないと。

「光在れ《ライ・ロ》」

そう魔法を唱えたけど、なにも起きない。

おかしいな。いったいなんでだろう？　気になるけど今は明かりをつけるのが先決だ。僕はなにか役に立つものがないかと、ゴードンさんから貰《もら》った魔法の小鞄《ポーチ》を漁る。

「えっと……あ、これならいけそうだ」

僕が小鞄《ポーチ》の中から取り出したのは、魔石灯が入ったランタンだった。そうだ、中は暗いから一応これも持ってきたんだった。これなら光魔法が使えなくても魔力を流すだけで明るくできる。

「お、ついた」

ランタンが辺りを照らす。

そこは変わらず地下の中に見えた。下は舗装されてないただの土で、天井は結構高い。

横方向にもかなり広くてランタンじゃ端まで照らすことができない。

「さっきまでいた遺跡とは別の場所みたいだね……」

一瞬にして場所が変わる。

考えられるとしたら『次元魔法』の一種だろう。

「師匠から空間を一瞬にして移動できる魔法や魔術が存在するってことは聞いたことがあるけど、まさか自分がそれにかかるなんて……ん？」

地面になにかが動くのを感じて、視線を下に移す。

するとそこにはセシリアさんの姿があった。

「せ、セシリアさん⁉　大丈夫ですか⁉」

セシリアさんは地面に倒れていた。

側にしゃがみ込んで様子を確認すると、ちゃんと息はしていて脈も正常だった。どうやら気を失っているだけみたいだ。

「……ふう、よかった」

一安心した僕は、今の状況を打破する方法を考え始める。

パニックになったら僕だけじゃなくてセシリアさんも危ない。冷静に考えるんだ。

「だんだん思い出してきたぞ。確か白竜の像が光って、足元に魔法陣が現れたんだ」

きっとあれは次元魔法を発動する魔法陣だったんだ。

次元魔法は難しい魔法だ。それを仕込んでおくなんて、それをやった人は凄い魔法使いなんだと思う。

「あの魔法陣は僕だけじゃなくてセシリアさんの足元にも現れていた。つまりあの仕掛けは僕たち二人を『選んだ』ことになる……」

僕とセシリアさんの共通点といえば、まず一番に思い浮かぶのが『光魔法』の使い手だということ。

もしそういう理由で選ばれたのだとしたら、ここに来たことにはなにかしらの意味があるはずだ。

あの白竜の像を作り、この仕掛けを作ったのは、僕のご先祖様である確率が高いのだから。

「ひとまずセシリアさんが目覚めるまで待つしかなさそうだね。下手に動き回るのも危ないし少し休もう。

そう思った瞬間、僕は嫌な気配を感じ取り体がぞくりと震える。

「────ッ!!」

気配のする方向に振り返ると、そこには四本の足でゆっくりと近づいてくる魔の者の姿があった。

恐ろしく口を開きながら涎《よだれ》をこぼすその姿は恐怖を駆り立てる。

「セシリアさんを置いて、逃げるわけにはいかない。やるよセレナ！」

僕は頼りになる相棒にそう呼びかける。

だけどいつもなら返ってくる頼もしい返事は……いつまで聞こえなかった。

「セレナ？」

慌てて辺りを見渡すけど、どこにもセレナの姿がない。

ここで僕は最初に目が覚めた時、魔法が使えなかったことを思い出した。あの時は目を覚ましてて上手く魔力を出すことができなかったのかと思ったけど……違った。

「セレナがいない……!!」

僕は記憶を遡る。

ここに転移する直前、魔法陣が現れた時はセレナはいた。となるとここに飛ばされた時に僕たちは離れ離れになってしまったんだ。

次元魔法は精霊を連れてきてはくれないと仮定すると辻褄《つじつま》が合う。

だけどその仮定が正しかったなら、状況は最悪だ。

僕だけじゃなくてセシリアさんまで魔法を使えないことになるんだから。

『グル……』

混乱している間にも魔の者は近づいてくる。

どうする。どうすればいい。

魔法なしでどうやってこの状況を切り抜ける。

魔力で肉体を強化して戦うことはできる。だけど魔力強化だけで敵う相手じゃないことはさっきの戦いで身にしみている。

もっと強力な攻撃手段が必要だ。

強力な再生能力を持つこいつらを一撃で倒せる。そんな強力な攻撃手段が――

『ルルル……ガアアアッ!!』

僕が攻撃してこないのを好機と見たのか、魔の者は鋭い牙を剥き出しにして襲いかかってくる。

考えろ、考えるんだ。

僕はこんな所で死ぬわけにはいかない。

焦る僕の脳裏によぎるのは、今までの記憶。

これが走馬灯か、見るのは初めてだ。走馬灯は今までの記憶から窮地を乗り越える手段を脳が探すことで起きる現象、と聞いたことがある。

僕も探すんだ。この中から生き延びるための道を。

「…………っ!!」

永遠にも感じる時間の中、僕はついにそれを見つける。

左胸に手を当てて、そこに深く集中する。この力を使うのは怖い。だけど今殺されるよりはずっとましだ。

「お前も僕の体に居座っているなら……少しは力を貸せ！　呪いの刃《カースエッジ》!!」

呪いを指先で摑《つか》み取り、思い切りそれを振るう。

すると左胸から黒い大きな刃が放たれ、魔の者を一瞬にして両断してしまう。

呪いの力を我が物とし振るうこの技は『呪闘法《じゅとうほう》』と呼ばれている。

使うとかなり体が痛むし、魔力もそれなりに使うけど威力は凄まじい。それになにより精霊の力を使わない。

つまり今の僕でも使えるってことだ。

「はあ……はあ……やった……」

痛む左胸を押さえながら僕はほっと胸をなでおろす。

呪《カース》いの刃《エッジ》を食らった魔の者は再生できず消えていく。どうやら呪いの力はこいつらにも効くみたいだ。

しかし安心している時間は長くは続かなかった。

「……今の音で集まってきたみたいだね」

大小様々な魔の者たちが、僕のもとにぞろぞろと集まってくる。

数は十じゃきかない。この広い空間にいったいどれだけ潜んでいたんだろう。

「来るなら来い！　セシリアさんには指一本触れさせないぞ!!」

そう啖呵《たんか》を切った僕は、暗闇の中で魔の者たちとの死闘を繰り広げるのだった。

◆　◆　◆

――――遺跡内部、白竜像前。

現れた魔の者たちは全て白竜の像が放った光により消え失せた。

下から現れる気配ももうない。

しかしその場に佇《たたず》む一行の表情は暗かった。

「カルスーーーーーーっ!!」

クリスの悲痛な叫びが遺跡内にこだまする。

一行は遺跡内をくまなく探したが、消えたカルスとセシリアの姿はどこにもなかった。

「……カルスたちのことは気がかりだが、いったん外に出よう。このことを学園に報告しなければいけない」

教師であるマクベルがそう切り出す。

消えた二人の生徒のことは気になるが、またいつ魔の者が姿を現すか分からない。もう光魔法の使い手がいない以上、次も切り抜けられる望みは薄い。

ここにいるのは非常に危険と言えよう。

そのことを分かっているヴォルガとジャックはマクベルの言葉に頷《うなず》くが、クリスは背を向けたまま返事をしなかった。

「クリス。気持ちは分かるが、外に行こう。あれはおそらく次元魔法……二人はここから離れた場所に飛ばされた可能性が高い。ここにいても見つからないだろう」

マクベルがそう説得すると、クリスは振り返り鋭い目でマクベルを睨《にら》みつける。

悔しさからか彼女の目元は赤くなっている。

「私は残ります。戻るならどうぞ」

「……あまり意地になるな。ランタンは私の持っている一個しかない。暗い洞窟で一人になってなにができる？　またあの化物に襲われて、本当に一人でどうにかなると思っているのか？」

「それでも！　それでも私はやらなきゃいけないの！」

唇を噛《か》み、体を震わせながらクリスは言う。

自分が無茶なことを言っているのは彼女自身よく分かっていた。それでもこのますごすごと帰るわけにはいかなかった。

「私はカルスの騎士になると約束しました。それなのに化物との戦いでは役に立つこともできなくて……挙句の果てに消えるところを間抜けな顔で見ていることしかできなかった。それなのに帰るなんて……」

握る拳から血が滴り落ちる。

悲しみ、悔しさ、無力感。色んな気持ちがぐちゃぐちゃに混ざり合い、彼女の心を黒く濁らす。

なんと声をかけていいかマクベルが悩んでいると、痺《しび》れを切らしたようにヴォルガがクリスのもとに近寄り、乱暴に彼女の襟を摑み詰め寄る。

「おい、あんまりふざけたことを抜かすなよ」

「…………」

一触即発の空気。

今にも殴り合いの喧嘩《けんか》が始まりそうな空気にジャックはハラハラしながら二人を見守る。

「貴様が死にたいというのなら放っとくが……違うだろ？　カルスを助けたいのだろう？」

「……当たり前じゃない。そのために私は残るって言ってるの」

「阿呆《アホ》が。ここに残ったところでなんの助けにもならないことくらい、貴様も分かっているだろう。あいつを本当に助けたいのならば、今は撤退するべきだ」

ヴォルガは言い聞かせるようにクリスに言う。

「カルスの身になにが起きたかは分からない。でもあいつなら必ず戻ってくると俺は信じている。

だから戻ってきた時に、その時に助けられるよう、今は撤退して体制を立て直すべきだ」

そう言ってヴォルガは摑んでいたクリスの襟を離す。

彼が話し終わる頃には、クリスも少し落ち着いていた。

「で、どうする。まだ残るつもりか？」

「……いいえ。私が悪かった、ごめんなさい」

そう言ってクリスはヴォルガたちに頭を下げて謝る。

ここまで素直に謝罪すると思っていなかったヴォルガは感心したように「ほう」と言う。

「私もカルスなら必ず戻ってくると信じてる。だからその時に今度こそ守って見せる」

「ああ、いい答えだ。それじゃあとっととここからおさらばしよう」

こくりと頷いたクリスは、他の者たちと一緒に遺跡を後にする。

全員が去り静寂が訪れたその場所には……一人の精霊だけが残っていた。

「……まさかあのような仕掛けがあるとは、迂闊《うかつ》だった」

月の魔法使い、ルナは白竜の像を見ながら言う。

「万全の状態であれば遅れは取らなかったが、どうやらこの身ではこれ以上活動するのも不可能みたいだな」

ルナの体は徐々に淡くなっていく。魔法を使ったことで力を使い果たしてしまったようだ。じきに意識はもとの封印されている肉体に戻るだろう。

「カルスよ、無事に帰ってくるのだぞ。君にはまだやるべきことがある。私の封印を解き、世界をあるべき姿に戻すという役割がね……」

そう一人呟《つぶや》いたルナは、光の粒子となって消え去る。

しんと静まり返ったその遺跡には、物言わぬ竜の像のみが鎮座していた。

◆　◆　◆

その少女は夢を見ていた。

今は離れた、母国の夢。その夢の中で彼女は、ある人物と向かい合っていた。

「お姉さま。お話があるのです」

彼女は尊敬する姉にそう話しかける。

「おや、珍しいですね」

姉は意外そうに驚いた。

彼女の妹は消極的な性格だ。大人しく、あまり他人の意見に逆らうことはない。いい子ではあるが姉はそんな彼女のことが心配でもあった。

妹はこの先ずっと自分の好きなことをできないのではないのか——と。

「かわいい妹の頼みとあれば聞かなければいけませんね。どうぞ言ってみてください」

「はい。お姉さまは二年後魔法学園に入学する予定ですが……その権利を私に譲っていただきたいのです」

真剣な様子でその少女……セシリアは言う。

彼女の姉、マーガレットは思いもしなかった彼女の言葉に驚く。

「セシリア。既に入学の手続きは済んでしまっています。それを今から覆すのは大変なことだと理解していますね？」

「はい。たくさんの方のご迷惑になることは承知の上です。それでも私は……魔法学園に行きたいのです」

「……なるほど」

聖王国リリニアーナの二人の美姫《びき》、マーガレットとセシリア。

美しく、慈愛に満ち、光魔法を使うことのできる二人の姫は聖王国の至宝である。

レディヴィア王国と友好国である聖王国は、魔法学園に姫を入学させることになっていたが、二人の姫を送ることはできない。せめてどちらか片方、そうしないと国民も納得できないのは明白だった。

白羽の矢が立ったのはマーガレット。

引っ込み思案なセシリアに比べて社交性の高い彼女の方が、魔法学園に入るには適していると思われたからだ。

マーガレットもそれを快諾した。人とあまり関わりたがらない妹を他国に送るのは彼女としても躊躇したからだ。

しかし驚くべきことに妹は自らの意思で魔法学園に入りたいと言ってきた。

「貴女がどうしても行きたいというのであれば、それを認めても構いません。私も少しは楽しみにしていましたが、どうしても行きたいというわけではありませんでしたからね」

「で、では！」

「しかし、認めるには条件があります。貴女が魔法学園に入りたいという理由、それを教えていただけませんか？」

「それは……」

セシリアは返答に窮する。どうやら言いづらい理由のようだ。

だがマーガレットはセシリアが魔法学園に行きたがる理由に心当たりがあった。

「巡礼で出会った少年が関係している。違いますか？」

「ぶっ!!」

マーガレットの言葉にセシリアが吹き出す。

ごほっごほっ、と咳《せ》き込む彼女の顔はリンゴのように真っ赤になってしまっている。返事をせずともマーガレットの推測が当たっていることは誰の目から見ても明らかだった。

「な、なぜそのことを……」

「巡礼から戻ってきた貴女は、前よりも頼もしくなっていました。手紙が届くたび喜んでましたし……なにかよい出会いでもあったのではないかと、貴女のお付きの方に聞いたのです」

「まさかお姉さまがそのことをご存じでしたとは……」

恥ずかしそうにするセシリア。

妹のかわいい姿を見たマーガレットは楽しそうに微笑む。

「質問に答えてくださいセシリア。魔法学園に入りたいのはその少年に関係がある、ということで間違いありませんね？」

「……はい、間違いありません。私はもう一度あの方にお会いしたい。そして可能なら力になりたいのです」

セシリアはぽつりぽつりと心の内に秘めていた想いを吐露する。

「あの方は過酷な運命の中にいます。私はその支えになりたいのです。そのために私は巡礼から戻った後、厳しい修行に身を置いたのですから」

「なるほど……あれほど頑張っていたのにはそのような理由があったのですね」

妹の気持ちを知ったマーガレットはしばらく考えたのち、「分かりました」と言う。

「魔法学園の入学者変更手続きに関してはこちらでやっておきます。まだ先のことになるとはいえ、貴女も準備はしておいてくださいね」

「ほ、本当ですか⁉　ありがとうございますお姉さま！」

顔をパッと明るくさせて喜ぶ妹を見て、マーガレットは微笑む。

あんなに消極的だった妹がここまで喜んでくれるなら、これくらいの手間、なんてことはない。そう思った。

「セシリア。外の世界には大変なことがたくさんあります。苦境に立たされることもあるでしょう。でも貴女なら大丈夫、貴女には強い心と私よりもずっと大きな光の力があるのですから」

セシリアの側に寄ったマーガレットは、最愛の妹をぎゅっと抱きしめる。セシリアは恥ずかしそうにしながらも姉の抱擁を受け入れ、自らも抱き返す。

「ありがとうございます、お姉さま。私、頑張りますから……」

◆　◆　◆

「…………ここは……」

夢から覚めたセシリアは、体を起こす。

ざらざらの地面に体をぶつけたせいか、体のあちこちに擦り傷ができている。おまけに頭もズキズキと痛む。どうやら地面にぶつけたせいでしばらく気を失っていたみたいだ。

「私は確か……魔の者と戦って……」

セシリアは記憶を掘り起こし、なにがあったのかを思い出す。

「どこか別の場所に飛ばされたのでしょうか。それにしてもこれはどういう状況なのでしょうか……？」

辺りの地面には、まるで激しい戦闘があったかのような跡が残っていた。

近くにはランタンが一個置かれており、辺りを照らしている。

もう少し明るくしようと魔法を使ってみるセシリアだが、魔法は発動しなかった。

「魔法が使えないとなると、思ったより状況は悪そうですね……あれ？」

セシリアは視界の端になにかを捉える。

ランタンが照らしている所と暗闇の境目、そこになにかが見えたのだ。

「あれは……?」

近寄り確認してみると、それはなんと人の足であった。

「――――っ!!」

急ぎ駆け寄るセシリア。

ランタンを近づけその人物を確認する。

「カルスさん！　大丈夫ですか!?」

倒れていたのはカルスであった。

セシリアは彼のもとに駆けより、状態を確認する。

彼の体にはたくさんの傷がついており、血が流れている。出血量は多く、地面には血溜《ちだ》まりができていた。

子供の頃から医学を学んでいるセシリアは、カルスの青ざめた顔を見て、危険な状態だとひと目で判断した。

「ひどい怪我……それに呪いも活性化している。いったいなにがあったのですか……」

体を触りながら確認していると、不意にカルスが「うう……」と呻《うめ》きながらと目を開ける。

「セシリア……さん……」

「カルスさん！　気がついたんですね！」

そう呼びかけると、カルスは側にいるセシリアに目を向ける。

「待っててください、今たすけ――――」

「けがは……ないですか……？」

カルスのその言葉にセシリアは驚き、言葉を失う。

これほどの重体だというのに、まだ他人の心配をするなんて……。

（……いえ、昔から彼はそういう人でした。だからこそ、私はこんなにも力になりたいと思ったのでしょう）

セシリアはシシィとして彼と過ごした時間を思い返す。

僅かな時間だったが、あの時間は彼女にとって宝物であった。

「安心してください。私は無事です」

「よか……った……」

セシリアが自分の無事を伝えると、カルスは僅かに笑みを浮かべて再び気を失う。

詳しい話は聞けなかったが、セシリアはここでなにがあったのかを汲《く》み取った。

「ありがとうございます、カルスさん。私を守ってくれて。次は……私が貴方を守る番です」

強い決意のこもった目をしながら、セシリアはそう言った。

「理由は分かりませんが、今魔法を使うことはできません。ですが他にも方法はあります」

彼女は薬草と回復薬《ポーション》を取り出す。調べたらカルスの小鞄《ポーチ》に水も入っていた。これだけあれば治療は行えるだろう。

「こんなところで死なせはしません。貴方を助けるため、私は学園《ここ》に来たのですから」

セシリアはまずカルスの服を脱がせ、傷の具合を確認する。

「これは……ひどいですね」

顔をしかめるセシリア。

服を脱がせてまず目についたのは胸にこびりついた黒い膿《うみ》、『呪い』だ。

カルスはセシリアが気を失っている間、呪いの力を用いて戦っていた。それはすなわち呪いを活性化させたということだ。

光魔法を使うことができない状況でそんなことをすれば当然呪いの影響が大きくなる。カルスは傷と呪いによりかなり危険な状態に陥っていた。

「絶対に救ってみせます」

セシリアの頭には人体の構造、治療、呪いに関する知識が詰まっている。その知識量は町医者ではとても敵わないレベルだ。

その知識を総動員しセシリアはカルスの治療に当たる。

「まずは聖水で呪いを沈静化させ……薬草をすりつぶして傷口に塗る。いけない、こっちにも傷が……」

彼女は洞窟の中で怪我をしたときのために、治療道具を一式持ってきていた。

カルスが持っている者と同様、彼女が持ってきた小鞄《ポーチ》は魔法の効果がかかっていて中にはたくさん物を入れることができるのだ。

念のため持ってきておいてよかった。セシリアは治療に当たりながらそう思った。

「包帯が足りなさそうですね……」

ここまでの大怪我は想定していなかったせいで、包帯が切れてしまう。

服をちぎり代用することもできるが、セシリアの服はかなり土で汚れてしまっていた。これを包帯の代わりにするのは不衛生だ。

どうしよう。そう考えたセシリアはあることに気がつく。

「……迷っている暇はありませんね」

そう言って彼女は、自分の目を覆っている目隠しを外す。

その布はただの布ではなく、光属性の魔力を帯びている由緒正しい代物。つけていると精神操作系の魔法や魔術を跳ね返す効果を持っている。

そしてその布はいかなることをしても決して汚れないという効果を持っている。ずっと身につけていた物ではあるが、不衛生ではないだろう。それどころか呪いを少し抑えてくれる効果も期待できた。

「これでよし……と」

素顔を晒《さら》しながら、セシリアはカルスの治療を完了させる。

しかし、

「う、うう……」

つらそうに呻くカルス。

痛みのせいか体が熱を持ってしまっている。このままだと衰弱し、死んでしまうかもしれない。

「急がないと……！」

セシリアは持ってきた水筒を手に持つ。

その中には光魔法で清められた『聖水』が入っている。飲めば体力が回復するだけでなく、呪いへの耐性も一時的に上がる。これを飲めば熱も下がるはずだ。

水筒をカルスの口に当て、ゆっくりと水を流し込むが、カルスは水が口に入った側から吐き出してしまう。

「飲んでください……お願いします……」

何度も試すが、カルスはつらそうに吐き出してしまう。

このままだと本当に危ない。窮地に立たされたセシリアは驚きの行動に出る。

「申し訳ありません。失礼します……」

そう言うと彼女は水筒の水を自らの口に含む。

そしてカルスの顔を起こし口を開けさせると、自らの唇をカルスのそれと重ねた。

「ん……」

聖女の口づけには強い癒やしの力が宿る。

そう聖王国では言い伝えられている。

唇を通して光の魔力が流れ込むためなどと言われているが、魔導学的に立証されているわけではない。

しかし今のセシリアにはもうこれくらいしかできることがなかった。この方法で飲んでくれるようにならなければ他に打つ手はない。

お願いします。飲んでください。

そんな彼女の祈りが届いたのか、カルスの喉が動く。

「飲んだ……！」

セシリアは再び水を含み、カルスに飲ませる。

助かってほしい。その一心で彼を献身的に看護する。

聖水を飲んだカルスの顔に血色が戻ってくる。

セシリアはもう一回と水を含もうとするが……その手が掴まれ、止められる。

「……もう、だいじょうぶ」

「カルス様！」

まだ少しつらそうにしながらもカルスは目を覚ます。

感極まったセシリアはひしとカルスに抱きつく。

「よかった……本当に良かった……！」

そう涙を流して言うセシリアをあやすようにカルスは頭を撫《な》でる。

「ありがとう。こんなことまでさせてしまって……」

「いいんです……目を覚ましてくださったのでしたらそれだけで私は……」

少し落ち着いたセシリアは体を離す。

近くで見つめ合う二人。永遠にも感じられる時間の中で、カルスはあることに気がつき「あ」と声を漏らす。

「どうかされましたか？」

「いや、えーと……」

困ったような表情を浮かべるカルス。

一体どうしたのだろうとセシリアは首を傾げる。するとカルスは彼女の顔を指差す。

「目隠し外れてますけど……大丈夫ですか？」

「しま――――っ！」

目隠しを手当てに使っていたことをすっかり忘れていた彼女は、赤面しながら両手で顔を覆う。

彼女の澄んだ青い瞳は特徴的である、素顔を見られれば自分が子供の頃に出会った少女『シシィ』であることがバレてしまうだろう。

「あ、あの。これは」

別にバレることは構わない。しかし隠していたことをこのような形で知られるのは嫌だった。

どうしよう、嫌われる。そう思うセシリアだったが、彼女の顔を見たカルスが放ったのはセシリアが想像していなかった言葉だった。

「……ごめん、正直に言うよ。実は君がシシィであることには気づいてたんだ。学園の中庭で会ったあの日から」

「え……？」

カルスの言葉にセシリアはぽかんとする。

「え、え、え。ど、どどどういうことですか⁉」

「ごめんね。隠しているのは深い理由があるんだと思って、気がつかないフリをしていたんだ」

あはは、と笑うカルス。

一方セシリアは驚きと恥ずかしさで顔を真っ赤にさせていた。

「な、なんで気づかれたのですか？」

「会った瞬間から不思議と懐かしい感じがしたんだ、最初はそれがなんでなのかわからなかったけどね。君のことをシシィと確信したのは紅茶を飲んだ時だよ」

「あ……」

学園の中庭で会った際、セシリアはカルスに紅茶を振る舞った。

そして五年前、屋敷で会った際にも同じようにセシリアはカルスに紅茶を出していた。

紅茶の味と香りが、カルスの記憶を呼び起こしたのだ。

「……あの時のことを覚えていてくださったのですね」

「当たり前だよ。シシィは僕の大恩人、大切な人だ。顔を隠したくらいでバレないと思ったら大間違いだよ」

セシリアは自分の胸の奥がじんと熱くなるのを感じた。

この身を焦がすような熱い思いを形容する言葉を、彼女はまだ持ち合わせていなかった。

「あの、私、ずっと、会いたくてっ」

想いが先行し、言葉をうまく組み立てることができない。

自分のことを明かしたら話したいことがたくさんあったはずなのに、それを言うことができない。

もどかしくてむず痒《がゆ》くなる。

そんな彼女の気持ちを察したカルスは、セシリアの手を両手で優しく握る。

「大丈夫、大丈夫だから。落ち着いたらまた昔みたいにいっぱいお話しよう」

「はい、はいっ！」

セシリアは話したかった言葉を全て飲み込み、カルスの胸に体を預ける。

カルスはしばらくその小さな頭を優しくなで続けた。


「そろそろ落ち着いた？」

「……はい」

カルスに身を預け、頭をなでられること五分。

セシリアは少し名残《なごり》惜しそうにしながらもそこから離れる。

さすがにカルスも恥ずかしかったみたいで頬がほんのり赤い。

「ところで『シシィ』っていう名前は偽名だったの？　セシリアが本名だよね？」

「シシィは幼名、小さい頃のあだ名みたいなものです。カルス様のもとに行った時は聖女が行う大陸巡礼の最中でした。巡礼中は身分を隠すためその名を使っていたんです」

「そうなんだ。ちなみにこれからはどっちの名前で呼んだほうがいいかな？　やっぱり人前でシシィって呼ばない方がいい？」

「そうですね、他の方にその名を知られるのは少し恥ずかしいです」

「そっか、じゃあ今まで通りに呼ぶね」

「はい。ですが……二人きりの時でしたら、その、構いません。むしろシシィと呼んでいただける方が嬉《うれ》しい、です」

「わ、わかった」

恥ずかしそうに言うセシリアにつられ、カルスもなんだか恥ずかしくなり頬をかく。

この時カルスが思い出したのは、セシリアが自分に唇を重ねた時の感触。半分意識を失っていた状態とはいえ、その感触は強くカルスの脳に焼きついていた。

「えっと、そろそろ先に進んでみる？　あっちの方に道が続いているみたいだったよ」

「そ、そうですね。そうしましょうか」

お互いあのことは口に出さず、話を進める。

積もる話もあるがそれもあと。今はここから出るのが優先だ。

「それじゃ行こうか、シシィ」

「……！　はい！」

差し出された手を取ったセシリアは、カルスとともに闇の中へ進むのだった。

◆

◆

◆

「……状況は分かりました。すぐに生徒を避難させましょう」

真剣な表情をしながら、魔法学園の長ローラ・マグノリアは言う。

彼女の前に立つのは教師マクベル一人。

命からがら洞窟から抜け出すことに成功した彼は、すぐに学園長であるローラに報告に来たのだ。

「この件は帰ってきた生徒以外に知っている者はいますか？」

「いえ、まずは学園長に知らせるべきと思い、他の者には言っておりません。生徒たちにもまだ他言しないようにとは伝えています」

「それは良かった。このことは生徒たちには知られないようにお願いします」

「……それはこの件を『隠蔽する』という認識でよろしいでしょうか」

マクベルの言葉に、学園長室の空気がピリつく。

しかしその穏やかではない物言いにローラが怒ることはなかった。あくまで真剣な表情を崩さず、マクベルに返答する。

「この件が知られれば確実に王都全体が混乱に陥ります。その騒ぎがどれだけの被害をもたらすか、私には想像もつきません。まずはこのことを国王陛下に報告し、指示をあおぐ必要があります。もはやこの件は私の手に負えるものではないのです」

「……申し訳ありません。考えもなく強い言葉を使ってしまいました」

マクベルは自分の浅慮を恥じる。

「いいのですよマクベル先生。貴方のような生徒思いの先生は学園の宝です。今は謝罪より先にやらなければならないことがたくさんあります。お手伝いいただけますか？」

「は、はい！　もちろんです！」

大きな声でそう返事をするマクベルを見て、ローラは頬を緩ませる。

「ではまずは魔術協会に連絡していただけますか？　不本意ではありますが協会の力を借りる必要があります。ですので……」

「その必要はないよ」

突然学園長室に響く、第三者の声。

ローラとマクベルが驚き学園長室の扉の方に目を向ける。そこにいたのは……

「やあ、久しぶりだねローラ。元気にしてたかい？」

「……エミリア会長!?　なぜここに！」

そこにいたのは魔術協会の長、エミリア・リヒトーであった。

いったいいつから、なぜこのタイミングでここに。ローラとマクベルは動揺を隠せなかった。

「そろそろ私を頼る頃だと思ってね。いいタイミングだったろう？」

楽しげに笑うエミリア。

なにもかもお見通し。そんな思いが透けて見えローラは内心苛立つ。

しかしそんな気持ちを表情に表しては更にエミリアを喜ばせるだけ。ローラは努めて冷静に、落ち着いてエミリアに対応する。

「……思えば今回の件は最初から妙でした。突然大穴ができたというのに、探索隊はすぐに組まれ、そして想定を遥《はる》かに超える速度で安全が確保されました」

ローラは大穴をもっと慎重に調べるべきだと思っていた。しかしそんな彼女の考えは現場には反映されなかった。それだけに留《とど》まらず生徒の見学許可まで勝手におりていたのだ。

学園長である彼女を飛び越えてそんなことができる人物は限られている。

「しかも最初に見学することになったのは、会長と因縁深いあの少年でした。ただの偶然……というにはできすぎています」

カルスの師、ゴーリィと親交の深いローラは、カルスとエミリアの間に起きたことも知っている。なのでできる限り二人が接触しないように気を張ってはいたのだが、エミリアはその監視の外から手を回していた。

「あれらは会長が根回しされたのですね」

「見学の件については、まあ君の予想通りさ。生徒に多くの体験をしてほしいと思うのは、教育者として当然のことだろう？　あの子が最初に入ったことは……そう、彼が幸運だったからさ。私は関係ない」

エミリアは薄く笑みを浮かべ、ふざけたように答える。

それを見たローラは怒りでぎり、と歯嚙《はが》みする。生徒のためというのも、偶然入ったというのも嘘《うそ》に決まっているとローラは思った。

この人物の行動原理は全て個人の利益に由来したもの。自分の益になるのならば生徒の犠牲などどうでもいいと思っているに決まっている。

ローラは湧き上がる怒りを呑み込み、平静を装いながら会話を続ける。

「大穴が出現することは予測できていたのですか？」

「ふふ、忘れたのかい？　私は超一流の占星術師だ。このような大きな催し《イベント》、予見できて当然だ」

親指と人差し指で作った輪っかを目で覗《のぞ》きながら、エミリアは言う。

その軽薄な態度に、さすがのローラも苛立ちを隠しきれなくなってくる。

「でしたらなぜその事をあらかじめ言っていただけなかったのでしょうか。知っていれば事故は事前に防げたのかもしれないのに」

「大いなる流れの前に小細工は無意味、下手に動けば事態が悪化することも考えられる。起こった後に適切な対処を、それが運命との賢い付き合い方だよ。それに私は魔法学園の立ち入りを禁止されていたからねえ、恨むなら国王陛下を恨んでおくれよ」

「ぐ……！」

ぎり、と歯噛みするローラ。

しかしここでエミリアを糾弾しても事態は好転しない。今はウサを晴らすことよりもやるべきことがある。

もしエミリアの機嫌を損ね、協会の助けを得られないとなれば、状況は更に悪くなってしまう。

「あ、そうそう。ちゃんと戦力は連れてきたから安心してくれていいよ。学園《ここ》が潰れるのは私としても本意ではないからねえ」

そう言ってエミリアはパチンと指を鳴らす。

すると学園長室の中に二人の男が入ってくる。

一人は長身の男。

年は六十程度だろうか。やせ細った体に曲がった腰、手には杖《つえ》を持っている。

髪は長く、荒れており、身にまとう布は汚れている。

浮浪者だと言われても納得の見た目をしている。

そしてもう一人は兜《かぶと》を被った男性。

顔は完全に兜で覆われていて素顔を見ることはできない。

一方体には鎧《よろい》のたぐいは一切身につけておらず、むしろ薄着だ。

鍛え抜かれた筋肉を見せびらかすように袖のない服を着ており、先の男と違い強そうな印象を受ける。

その二人の人物を見たローラは驚き、更に険しい顔つきになる。

「『枯れ木《かき》のムーングリム』に『鉄人《てつじん》メタル』……まさか大賢者を二人も連れてくるなんて……！」

大賢者。

それは数多《あまた》いる魔法使いの中でも、本当に優れた魔法使いのみが名乗ることを許された称号。

当然その数は少なく、歴代で一番多かった時でも十人を超えることはなかった。

全ての魔法使いから尊敬、あるいは畏怖される大賢者だが、ローラは大賢者が大きく二つの種類に分別できると考えていた。

一つはその成果から認められた魔法使い。

大きな発見や魔法使いの世界に大きく貢献したことから、大賢者になった者。

たくさんの魔法使いを育成したゴーリィなどはこれに当たるだろう。本人が辞退してしまったため大賢者になることはなかったが。

そしてもう一つは、圧倒的強さから選ばれた者。

魔法使いの中には時折、常識では考えられない力を持ったものが現れる。

一人で一つの軍、または国家と対等に戦える、人の皮を被った化物のごとき存在。

そのような国家級戦力を有する魔法使いも協会は『大賢者』に任命する。むしろ本来の意味としてはこちらの方が『大賢者』としては正しいだろう。

協会設立当初、戦《いくさ》は今よりも頻繁に起こっており。それを単身で止めることのできる魔法使いは崇められていた。

そして学園長室に現れた二人の大賢者はどちらも後者に当たる。

つまり二人の人物は国家戦力級の力を持った生粋の武闘派ということになる。

「……ああ、死にたい。このまま朽ちて死にたい……」

「久しぶりだなローラ、元気にしてたか！　俺が来たからにはもう安心してくれていいぞ‼」

気だるそうにする老人と、元気ハツラツといった感じの兜の男。

同じ大賢者ながらその性格は正反対に見える。

「他にも魔法使いを百人近く連れてきている。まあこれだけいれば負けることはないだろう。こいつらの指揮はローラ、君に任せる。まあ上手く使ってくれ」

「わ、私がですか？　指揮は会長が取られるのでは？」

エミリアの思わぬ言葉にローラは困惑する。

賢者であるローラにとって、大賢者二人は自分より目上の存在である。

それに二人は自分より魔法使いとして圧倒的に格上の存在。上手く使うどころか萎縮してしまうだけだ。

「私は一人で行動させてもらう。せっかくの大舞台だ、最前席で楽しまないとね」

「なにを訳の分からないことを……」

「くく、まあ見てれば分かるさ。今回はもう一人頼りになる助っ人を連れてきたからそいつと頑張ってくれ」

「助っ人？」

「ああ、君もよく知っている人物だよ。まあ仲良くやってくれたまえ」

そう言ってエミリアは機嫌良さそうに学園長室から去っていく。

本当に勝手な人だと呆《あき》れていると、エミリアが言っていたもう一人の助っ人が学園長室に姿を現す。

「やれやれ。お主も大変なことを頼まれたものじゃのお」

「あなたは……！」

入ってきた人物を見て、ローラは目を丸くする。

その人物は彼女もよく知った人物であった。

「儂《わし》も力を貸す。まずはなにをすればいい？」

彼の名前はゴーリィ＝シグマイエン。

カルスの師にして、長い魔術協会の歴史で唯一『大賢者』の座を辞退した人物だ。

「ご、ゴーリィ様⁉　なぜここにいらっしゃるのですか⁉」

そう声を上げたのはマクベル。

カルスと同じく彼もまた、ゴーリィに手ほどきを受け魔法を学んだ弟子だ。

光魔法を習得することはできなかったが、ゴーリィのおかげで優秀な魔法使いになることができ、今でも彼はゴーリィのことを強く尊敬している。

「エミリアの奴に声をかけられたのじゃよ。まったく、儂が王都にいるとどこで掴んだのやら」

はあ、と呆れ顔でゴーリィはため息をつく。

「あやつの言葉など普段であれば無視するところだが、かわいい弟子が窮地とあれば放っておくわけにもいくまい。ローラ、儂にも協力させてくれぬか？」

「ええ、もちろんです。協会を抜けた貴方に力を貸していただくのは申し訳ありませんが、お願いいたします」

「なに。お主にはカルスを見てもらっている恩もある。遠慮せんでいい」

そう頼もしく言うゴーリィを見て、ローラは心の中で「よかった」と胸をなでおろす。

自分一人で大賢者二人を御するのは危険だが、ゴーリィがいれば話は別。彼ならばきっと二人をうまく使ってくれるだろう。

「生徒の避難と国王陛下への報告は私が指揮を執ります。貴方は協会の者と共に学園防衛の準備を進めてください」

「任された」

ローラの言葉に頷いたゴーリィは、部屋にいる二人の大賢者《せんぱい》に目を向ける。

「ということでご両人、儂と来ていただけますかな？」

「ああ……構わない。言われたことをやるまでだ」

「もちろんだ！　一緒に仕事をするのは久しぶりだなゴーリィよ！　実に楽しみだ！」

テンションが両極端な二人の大賢者を連れ、ゴーリィは学園長室を出る。

部屋に自分とマクベルだけになったのを確認したローラは「ふう……」と重いため息をつく。エミリアが部屋に入ってきてからまだ数分しか経っていないのに、徹夜で働いたような疲れを彼女は感じていた。

「大丈夫ですか学園長。少し休まれたほうが……」

「いえ……大丈夫です。今こうしている間にも、生徒は危険に晒されています。休んでいる暇はありません」

「分かりました。私も微力ながら手伝わせていただきます」

「ありがとうございますマクベル先生」

ローラはそう言った後立ち上がり、行動を開始するのだった。

◆　◆　◆

「……はあ。全く君たちはなにをしようとしていたんだい」

そう呟いたのはもさもさした栗色《くりいろ》の髪の毛が特徴的な少女、サリアだった。

現在彼女は研究施設兼自宅である時計塔の中にいる。

彼女の前にいるのは三人の男女。カルスの友人であるクリスとジャックとヴォルガであった。

サリアは大穴の近くをこそこそと歩く彼らを偶然見つけ、この時計塔に連れ込んだのだ。三人は最初それを断ろうとしたが、サリアが「従わないと大きな声を出すよ？」と脅したことで大人しく言うことを聞くようになった。

しかし三人はここへは来たが、なかなか喋《しゃべ》ろうとしない。それを見たサリアは再び「はあ」とため息をつく。

「当ててあげようか？　君たちのことだ。先生の目を盗んで大穴に潜入しようとしていたんだろう？　理由は……後輩くんとセシリアくんの救出。違うかい？」

「な、なんでそれを⁉」

クリスはそう大きな声を出してからハッと気づいたように口を押さえる。

カマをかけることに成功したサリアは話を続ける。

「変だと思ったんだよ。なにやら学園内が騒がしくなったと思った矢先に、君たちがこそこそと動いていたからね。一緒にいた後輩くんたちの姿が見えないことから察するに……なにか中でトラブルが起きて、二人は中に取り残された。そう推察できる」

「……さすがサリア先輩です。その通りです」

全てを当てられ、これ以上隠しごとはできないことを悟ったクリスは両手を上げて降参する。

「実は……」

クリスは大穴の中でなにがあったのかをサリアに話し始めた。

最初はふんふんと彼女の話を聞いていたサリアだが、魔の者が現れたと聞くと目つきを鋭くさせた。全てを聞き終える頃にはすっかり真剣な表情になっていた。

「なるほど、まさかそんなことになっているとはね」

大穴についてはサリアも色々な仮説を立てていたが、現実はその中でも最悪の部類に入った。

もし魔の者が王都に出てきてしまったら、どれだけの被害が出るか想像もつかない。

もしこのことを国民が知ったら混乱が巻き起こり、多くの犠牲者が出てしまうだろう。サリアは事態の深刻さに辟易《へきえき》する。

「なるほど、状況は分かった。だから君たちはこそこそと大穴に戻ろうとしていた。自分たちで後輩くんたちを助けるために」

「はい。先生には『後のことは大人に任せろ、生徒の君たちは帰れ』と言われましたが……カルスを置いて逃げるわけにはいきません。私たちは私たちにできることをすると決めたんです」

クリスの言葉にジャックとヴォルガも頷く。

「同感だ。このまま帰ってはジャガーパッチ家の名が廃《すた》るというものだ」

「俺だって……や、や、やってやる。あんな化物《ばけもん》、怖かねえ！」

ジャックは震えながらも啖呵を切る。

既に全員、覚悟は決まっていた。

「良くないことをしているのは分かっています。ですがどうか見逃してください。私たちは洞窟《あそこ》に戻らなくちゃいけないんです」

「ダメだ」

しかしサリアはそれを即座に却下した。クリスの目に絶望の色が浮かぶ。

「お願いします！　迷惑はかけませんので！」

「ダメなものはダメだ。あの穴に戻ったところで後輩くんを救える可能性がどれだけある？　彼は次元魔法によってどこかに飛ばされた。そんな手の込んだ方法で飛ばされた場所を、どうやって見つけるんだ。大穴に戻ったところで、彼のもとに行き着くことすら不可能だろうね」

サリアの言葉にクリスたちは黙り込む。

彼女の言うことはもっともだった。今のところクリスたちにカルスを捜す方法はない。戻ったところで会える可能性はかなり低いだろう。

「悪いがそんな博打を承認することはできない。君たちの先輩としてね」

サリアはそうクリスの頼みを突っぱねる。

強い拒否の意思。懐柔できる気はとてもしなかったが、それでもクリスは引けなかった。

「確かに無茶な行動かもしれません。博打と言われるのも分かります。それでも私はカルスを助けたいんです！」

そう言ってクリスはサリアに頭を下げる。するとそれに続いてヴォルガとジャックも頭を下げる。

それを見たサリアは呆れたように「はあ」とため息をついて言う。

「君たち勘違いしていないかい？　私は大穴に行くというのを『ダメ』と言ったんだ。後輩くんを助けようとする君たちを止めるつもりはないよ」

「……え？」

まさかの言葉に間の抜けた声を出すクリス。

「彼が心配なのは私も同じだ。私も喜んで力を貸そう」

そう力強く宣言したサリアの姿は、とても頼もしいものだった。

後輩の三人は彼女の言葉に強く勇気づけられた。

「サリアさん……ありがとうございます！」

感極まったクリスはサリアに抱きつき、彼女の頭を自らの胸に埋める。

「わぷ！　離したまえ！」

胸の中で溺れたサリアは、しばらくもがいた後、解放される。

「全く、少し落ち着きたまえ……」と、呆れた様に言う彼女であったが、後輩に頼られどこか嬉しそうであった。

「いいかい、聞きたまえ。君たちの話から推測するに、後輩くんとセシリアくんは王国が昔仕掛けた『次元魔法』により、どこか違う場所に飛ばされた。二人の共通点といえばまっさきに浮かぶのが『光魔法』だ」

サリアは聞きかじった情報で推理を話す。

クリスたち三人はその話をジッと聞いていた。

「つまり飛ばされた二人は無事である可能性が高い。白竜を祀《まつ》っている王国が光魔法の使い手にひどい真似《まね》をするはずがないからねえ」

「なるほど……。でしたら私たちはどうしたらいいんですか？」

クリスが尋ねると、サリアは少し逡巡《しゅんじゅん》した後、口を開く。

「今彼らがなにをしているのかは分からない。だが二人は必ずここに戻ってくるはずだ。ならば私たちは捜しに行くのではなく、戻ってきた時に迎えられるようにしておくべきだろうね」

「捜すんじゃなくて、迎える……」

「ああそうだ。そのためにもまずは休息しようじゃあないか。見たところ君たちはかなり疲れているようだ。そんなんじゃ勝てる戦いも勝てなくなる」

サリアは冷蔵機能のある魔道具から回復薬《ポーション》を取り出すと、クリスたちに配る。

「君たちが活躍する場面は必ず来る。だから今は休みたまえ。頑張るところを間違えるんじゃあない」

「……分かりました」

クリスは覚悟を決めた表情を浮かべると、回復薬《ポーション》を一口で飲み干す。

それを見たサリアは満足したように頷く。

「それでいい。今はゆっくりしたまえ。外は私が見張っておく」

「はい。なにかあったらすぐに起こしてください」

そう言ってクリスたちは床に腰を下ろすと、張り詰めていた緊張の糸を緩め、体を休める。

そんな彼らを見ながら、サリアは一人小さく呟く。

「君を想ってくれている人がこんなにもいるんだ。必ず無事で帰ってくるんだよ」

◇　◇　◇

同じ頃、暗い洞窟の中をカルスとセシリアは手を繋ぎながら歩いていた。

「ここ段差あるから気をつけて」

「は、はい。ありがとうございます」

時折そうやってエスコートしながら二人は進む。

カルスは今までセシリアを年上の上級生として扱っていた。しかしその正体を明かされてからは昔のように接することができていた。

セシリアは口にこそしないが、そのことがとても嬉しかった。

「ふふ。こうして歩いているとまるで昔に戻ったみたいです」

「そうだね。シシィが屋敷にいた時間は短かったけど、とても楽しかったのを覚えているよ」

屋敷から出ることのできなかったカルスには、友人と呼べる存在はシシィとクリスくらいしかいなかった。

二人と過ごした日々は合わせても一月《ひとつき》に満たない。しかしその間の思い出は今でも鮮明に思い出せるほどカルスの胸に焼きついていた。

「今までは距離があったけど、これからはもう少し友達みたいに接しても大丈夫かな？」

「は、はい！　もちろんでひゅ！」

カルスの言葉に、セシリアは食い気味で返事をし、噛んでしまう。

そんな彼女の姿は昔のままで、カルスは思わず「ぷっ」と笑ってしまう。

「ひ、ひどいです！　笑わないでください！」

「ごめん、悪気はないんだ……ふふっ」

失った時間を取り戻すかのように、二人はじゃれ合いながら洞窟を奥へ奥へと進む。

すると剝き出しだった地面に、石畳が現れ始める。

それと同時に壊れた柱のような物も目につくようになってきた。自然と二人は会話をやめ、辺りを警戒し始める。

「……これは」

立ち止まり、カルスが呟く。

二人の前に現れたのは、大きな遺跡だった。

白竜の像が置いてあったあの遺跡よりもずっと大きな遺跡だ。

ランタンでは上の方が見えないほど、大きな遺跡。いったい中になにがあるのだろうか、カルスは緊張しゴクリとつばを飲み込む。

「カルスさん」

そんな彼の緊張を察したセシリアは、彼の手を包むように握る。

その手は柔らかくて、温かくて。カルスは緊張が優しく解《ほど》けていくのを感じた。

「……ありがとう。もう大丈夫」

「はい。行きましょう」

覚悟を決めた二人は、遺跡の中へと足を踏み入れた。

遺跡の中はかなり広い空間になっていた。

特に彫像などが置かれているわけではない、本当にただ広い空間。

その中をカルスとセシリアは進む。

「ここは一体なんのために作られたんだろう」

「やはり伝説の白竜を祀るため、でしょうか。あの白竜像が深く関係しているように思えます」

「そうだね、白竜はこの遺跡に関係していると思う。でもそれを祀るためだけに作られたとは思えないんだよね」

カルスはここまでの道中、歩きながらあることを考えていた。

それはなぜ自分とセシリアがここに転移させられたのか、ということ。

「僕たちが飛ばされた場所には、この遺跡に通じる道しかなかった。つまり僕たちは意図してこの遺跡に連れてこられたということになる。そしてこれを意図したのは多分……僕のご先祖であるアルス様だ」

レディヴィア王国初代国王、アルス・レディツヴァイセン。

強く、聡明《そうめい》な王であったとされる彼にはいくつも武勇伝があり、今もなおその話の数々は本や歌として残っている。

カルスの名前も元はと言えば、彼のように強く優しい人物に育ってほしいという願いからつけられている。

「ん？　あれは……」

なにかを見つけたカルスは、広間の中を進む。

するとそこには台座のような物がポツリと置かれていた。台座からは上に二本の支えが伸びており、そこに細長い棒のようなものが横向きにかけられていた。

「なんだろう、これ」

長さ一メートル半程度の石でできた棒。

よく見ると片方の先端が尖《とが》っている。これで刺されたら痛そうだが、武器としてはいささか使いづらそうに感じる。

「ただの石の棒、なわけありませんよね」

「この広間にはこの台座しか見当たらない。おそらく大切な物なんだろうけど……」

カルスたちは困惑しながら台座に近づく。

近くで見てもやはりその棒はただの石の棒にしか見えない。だがカルスはその棒に不思議な魅力を感じていた。

まるで長年それを探していたような、例えるなら恋心に近い想い。そんな気持ちが胸の内に湧いてくる。

「………」

カルスは無意識に棒に手を伸ばす。

それに気がついたセシリアは「カルスさん？」と、彼の名前を呼ぶ。

「あれ、僕はなにを……」

呼ばれたことで、彼は意識を取り戻すが、その手は既に棒へと触れていた。

いったい僕はなにをしようとしたんだろう。そう思いながら手を離そうとしたその瞬間、棒から凄まじい閃光《せんこう》が放たれる。

「くっ！」

「きゃ！」

そのまばゆい光を正面から受け、二人は手で目を覆う。

時間にして数秒。光が収まったのを見計らって二人はゆっくりと目を開く。

するとそこには……なんと真白な鱗《うろこ》を持つ、巨大な竜が姿を現していた。

「な……!?」

全長数十メートル以上はある、巨大な竜。その長い首につけられた頭部は、広間の天井についていしまうほど高い。

全身に白く輝く鱗が生えており、その一枚一枚は美術品のように美しい。

爪と牙は名匠が作り上げた刀剣のように鋭く、長くしなやかな尻尾はまるで意思を持っているかのように嫋《たお》やかに動いている。

竜の瞳は野生の獰猛《どうもう》さを持ちつつも、知性を感じさせるものだった。

まるでこちらの考えていることが分かっているのではないか、とカルスたちに思わせるほどに。

『何年か』

「……へ？」

突然竜が喋り出し。カルスは困惑する。

竜は高い知能を持っていると本で見たことはあったが、会話ができるとまでは聞いたことがなく、カルスは驚く。

当然セシリアもそのことは知らなかったので隣で驚いていた。

『今は何年か。と聞いている』

「あ、えーと、今は一五五五年です。神亡暦で」

『なるほど……もうあれから五百年以上経つのか。早いものだ』

竜は昔を懐かしむように、しみじみと言う。

カルスはそんな竜を見ながらあることに気がつく。

それは竜の体が透けているということ。体が薄く発光しているため気がつかなかったが、その竜の体は半透明であり、実体がないように見えた。

となるとこの竜は精霊となっている可能性が高い。

しかしそれだと疑問が残る。

カルスがそれを見ることができるのはまだいい。呪いを宿しているカルスは憑《つ》いている精霊の姿を見ることができるからだ。

しかし白竜の姿はセシリアの目にも映っていた。

それゆえにカルスは目の前の白竜に実体がないことに気がつくのが遅れたのだ。

「あの、すみません。貴方はアルス様と一緒に魔の者を倒した白竜様なのでしょうか？」

意を決し、カルスは白竜に話しかける。

すると白竜はカルスたちの目線に合わせるように頭を下に降ろす。

白竜の顔は大きく、口を開けば人など丸呑《まるの》みにできてしまえそうだ。カルスとセシリアは緊張する。

『左様。我が名はツヴァウ・ライザクスⅣ世。誇り高き双尾の白竜にして、英雄アルスの無二の友なり。会えて嬉しいぞ、アルスの血に連なる者よ』

「……っ‼」

自分がアルスの子孫だと看破され、カルスは驚く。

一方ライザクスと名乗った竜はジッとカルスを見つめながら言葉を続ける。

『驚くことはない。そなたの魔力はあやつによく似ているからな』

「そうなんですね。光栄です」

アルスはカルスにとって尊敬する人物である。

似ていると言われて純粋に嬉しかった。

『小さき子よ、名はなんという？』

「申し遅れました。私の名前はカルス・レディツヴァイセンと申します。貴方を語ったお話、『白竜伝説』は小さい頃によく聞きました。お会いできて光栄です」

『そうかそうか。我が武勇は今も語り継がれていたか。悪い気分ではないな』

ライザクスは低い声で嬉しそうに笑う。

時折見せる遠くを見るような目は、昔を思い出しているのだろうか。

『……カルスよ。よく見ればお主の顔はアルスに似ておるな』

「え、そうなのですか？」

『ああ。あやつも白い髪と赤い眼が特徴的で……』

と、そこまで言ってライザクスはなにかに気づいたように言葉に詰まる。

そしてカルスのことを憐《あわ》れむような目で見つめる。

『そうか、そこまで一緒であったか。我らが引き合わされたのも必然というわけだ、大いなる導きのなんと無情なることか』

「な、なにがでしょうか？」

ライザクスの意味深な言葉にカルスは不安そうな表情を浮かべる。

すると白竜は少し考え込んだ後、驚きの事実を口にする。

『我の相棒アルス。誰にも明かしはしなかったが、あやつはその身に強い呪いを宿して生まれた「忌み人《いびと》」であった』

「え……っ⁉」

ライザクスの言葉に、カルスだけでなくセシリアも驚き言葉を失う。

アルスが若くして死んだというのは記録に残っている。しかし彼が呪われていたという記録はどこにも残っていなかった。

『呪いを解くためにあやつはあらゆることを試し、我もそれを手伝った。魔の者を倒したのもその過程の内の一つであった。はは、その結果英雄と崇められ国王にまでなったのだから人生とは分からぬものよ』

次から次に明かされる衝撃の事実。

その話を聞いていたカルスは、堪えきれずライザクスに尋ねる。

「あ、あの！　それでアルス様はどうなったのですか⁉　記録だとアルス様は成人になる直前で不慮の事故により亡くなったとあります。呪いはどうなったのですか？」

『そうか。あれは……そうなっているか』

ライザクスはその先の言葉を口にするのを躊躇《ためら》ったが、真剣なカルスの顔を見て覚悟を決める。

相棒の子孫であるならば、残酷な現実にも耐えられると信じて。

『結論から言うと、アルスは呪いによって死んだ。光魔法、竜の血、あらゆる方法を試したが呪いの進行を遅らせることはできても完全に消すことは叶《かな》わなかった。忌み人……古い言葉では「黒の祝子』と呼ばれる者は例外なく二十歳を迎える前に死ぬ。それは我の力を以てしても覆すことはできなかった』

伝説の白竜は心から無念そうに、そう言うのだった。

忌み人は成人を迎える前に――死ぬ。

改めて告げられる残酷な真実。

カルスの隣でそれを聞いていたセシリアは、心配そうにカルスのことを見る。

傷ついていないか、絶望していないか。そう心配する彼女だが、カルスの目は死んでおらず、まっすぐに白竜のことを見ていた。

「そうでしたか……残念です。ちなみに先ほど忌み人のことを『黒の祝子』と言いましたが、それはどのような意味なのでしょうか？」

『既に知っているやもしれぬが、呪いは闇の魔力が由来となっている。その中でも忌み人の呪いは特別なのだ』

「特別、ですか？」

『うむ。忌み人の呪いはただの闇の魔力ではない。それは闇の神『マヌシア』が施したものなのだ』

「なんですって……!?」

闇の神マヌシア。

それは遥か昔に存在したといわれている神々の内の一柱だ。

しかしマヌシアにまつわる伝承は、少ない。炎の神フラムスや水の神メルク、光の神ライラなどと違い、とてもマイナーな神と言えよう。信仰している人や土地も少なく、本当に実在したのか怪しいとさえ言われている。

「なんで闇の神がこんなことをするんですか⁉」

『詳しいことは我にも分からぬ。ただ神話の時代、闇の神は気に入った人間に刻印を入れたとされる。それは闇の神を信仰する者たちにとってなによりの祝福、名誉なこととされた。生まれながらにそれを持つ者は敬われ『祝子』と言われた』

「だから『黒の祝子』、ですか」

『左様。闇を信仰する者にとって痛みはなによりの愛情表現。呪いによる痛みすらも信徒にとっては喜びであったのだろう』

そこまで言ってライザクスは言葉を止める。

少し喋りすぎたか。彼は心の中で反省する。自分が神の力によって呪われていると知れば、当然ショックを受けるだろう。今このような大変な状況で果たしてここまで話してよかったのか。

そう考えたライザクスであったが、それは杞憂《きゆう》であった。

『……我が知っているのはこれくらいだ』

「貴重なお話を教えていただき、ありがとうございます」

カルスは落ち込んだ様子を見せず、堂々とした態度でそう答えた。

それを見たライザクスは『ほう』と興味深そうに呟く。

『……今の話を聞いて絶望せぬのか？　その呪いは神の手によるもので、アルスですら克服できなかったのだぞ?』

「絶望ならもう嫌ってほどしました。僕は昔、あと半年しか生きられないと言われたんです。それが今、こんな風に元気に暮らせているんです。なにを言われても絶望なんかしません」

そう言ってカルスはニッと笑ってみせた。

ライザクスはその笑顔がかつての相棒と重なって見えた。

『……懐かしいな。あやつもどんな逆境でも決して挫《くじ》けぬ男であった』

「あれ、なにか言われましたか?」

『いや、なんでもない。少し昔を思い出しただけだ』

受け継がれたのは血だけではない。

五百年の時が経っても相棒の心は継がれ、残っていたのだとライザクスは理解した。

『さて……昔話はこれくらいにするとしよう。あの時の生き残りが動き出した、そうであろう?』

「そ、そうでした! 魔の者が復活したんです! あいつらはアルス様が倒したはずなのに、なんで今になってまた現れたのですか⁉」

『確かに地上の奴らは我が光によって殲滅《せんめつ》し尽くした。しかし一部の魔の者は我の存在に恐れをなし、地中深くに身を隠していたのだ。そして長い年月をかけて力を蓄え、闇の力が強くなる時を待った』

「その時が今、ということですか」

カルスの言葉にライザクスは頷く。

『魔の者が地中にいると分かったのは、アルスが動けなくなるほど衰弱してからであった。すでに地中深くに潜んだ奴らを倒すことはできない。我とアルスは奴らを倒すことを子孫に託した。奴らを倒す方法を書に残し、この遺跡を建てて精霊と化した我をここに置いた。王都を移すことも考えたが、魔の者が蔓延《はびこ》ってから気づくのでは遅すぎる。復活したことをいち早く知るためにも王都は移さなかった。なにより魔の者を退け、ようやく幸せな暮らしを手に入れた民にそのようなことをあやつは言えなかった』

「なるほど、そうだったんですね。でも書に残したとおっしゃいましたが、そのような物が残っているとは聞いたことがありません」

『そうか。だがそれも無理はない、当時は王座が無血で代わることの方が少なかった。宝石や貴金属ならまだしも、古い書物など焼かれても無理はない』

今は平和なレディヴィア王国だが、そうではない時代もあった。

むしろカルスが他の兄弟と仲が良いという状態の方が異常なほどだ。王位を争い兄弟を殺したなどよくある話なのだ。

『アルスは書が焼かれることも考慮していた。ゆえの我だ。悠久の時を生きられる竜は精霊に近しい存在なのだ。事実アルスの光魔法は我が作り出したものだ。奴が死んだ折、我は肉体を捨て、精霊と成った』

そう軽く言うライザイクスであったが、それは容易《たやす》い決断ではなかった。

長い時を生きる竜にとって、死は長い生の後にようやく訪れる終わりの日。

竜生を全うすることは竜にとってなによりの誉れ。精霊になってまでこの世界にしがみつくことは醜いこととされた。

ゆえに終わりを迎える前に自ら精霊となる道を選ぶ竜はほとんどいなかった。

『決して消えぬ存在となった我は魔の者どもを監視し、アルスの意思を継ぐ者に力を貸すため、我は白磁の鱗を捨てこの遺跡で眠りについたのだ』

「な……⁉」

ライザクスの言葉を聞いたカルスは絶句する。

てっきりライザクスは別の理由で死に、精霊と化していたのだと思っていた。

だが事実は違った。

ライザクスはこの王国の未来のため、友の願いを守るために自ら死を選んだのだ。

そしてただ一人この暗い遺跡で眠りについた。

いつ訪れるか分からないその時のために。

「なぜそこまでしてくださるのですか？　貴方は竜だ。他の竜とともに生きる道もあるというのに、なんで人のためにそこまで……」

『種族など関係ない。生まれも姿も違えど、アルスは我の一番の友であった。理由はそれだけで充分だ』

そう語るライザクスに後悔している様子は少しも見えなかった。

彼の深い絆《きずな》に触れたカルスは目頭を熱くする。

「ありがとうございます。私のご先祖様と、この国に尽くしていただいて。私は正式な王子ではありませんが、この国を代表してお礼を申し上げます」

『構わんさ。我は友情に見返りは求めない』

ニィ、と牙を覗かせながらライザクスは笑みを浮かべる。

種族を超えて、竜とここまでの関係を築けるなんて、いったいアルスとはどのような人物だったのだろう。そうカルスは思った。

『……してカルスよ。これよりどう行動する。活性化した魔の者たちは地上に姿を現すであろう』

カルスの体に緊張が走る。

まだその問題が残っていた。あんな恐ろしい化物がまだたくさん残っているのだ。

「そうなったら地上はどうなりますか？」

『奴ら闇の生き物にとって、痛みを与えることが至上の喜び、愛情表現なのだ。奴らは衝動のままに破壊を繰り返す。生あるものは命を奪われ、大地は穢《けが》され、果てに呪いが伝染する。一度奴らに滅ぼされた国を見たことがあるが……語るも恐ろしい悲惨なものであった』

その光景を想像したカルスは、顔をしかめる。

大好きなこの国がそのようなことになるなど、考えることすら嫌だった。そしてなにより、

「呪いを広めるなんてこと許せません。この苦しみを知る人をこれ以上増やしてはいけない」

自分の大切な人。家族や友人が呪いにかかることなど、看過できなかった。

カルスは恐怖心を払拭し、立ち向かう覚悟を決める。

「魔の者は私が食い止めます。それが光魔法を覚えた意味だと思います」

そう力強く宣言したカルスを見て、ライザクスは満足そうに笑みを見せる。

『ふふ……本当にあいつによく似ている。まるであの頃に帰ったみたいだ』

ライザクスは小さくそう呟くとその長い首を動かし、頭部をカルスに近づける。

『これよりそなたに我が力を授ける。天を裂き、闇を滅する我の力。使いこなせば魔の者など恐れるに足りぬ』

「ほ、本当ですか⁉　ありがとうございます！」

かつて魔の者をその手で倒した白竜以上に頼もしい助っ人はいないだろう。

「力を授けるとは、いったいどのようなことをするのですか？」

『我が現れる前、そなたは我の「槍《やり》」に触れたはずだ。覚えているな？』

「槍……ああ、はい。ここに置かれていたあれですね」

カルスは台座に置かれていた『石の棒』を思い出す。

元はと言えば、あれを触ったことでライザクスが現れたのだ。

『その槍こそが我が力の結晶なのだ』

ライザクスは自らの長い尻尾をカルスに見せる。

『我は双尾の竜であった。しかし今は一本しか尾は存在しない』

「あ、本当ですね。気がつきませんでした」

レディヴィア王国の国旗には、二本の尾を持つ白竜の姿が描かれている。

絵本などに描かれる白竜の尾も二本。しかしライザクスには尻尾が一本しか生えていなかった。

『魔の者との決戦前。我は自らの尾を一本切り落とし、それを鍛え上げ一振りの槍を作った。そしてそれをアルスに与えたのだ』

「それがあの槍ってことですね。でもあの槍は触れた途端消えてしまいましたけど……」

『あの槍は消えてなどいない。そこにある』

そう言ってライザクスが指差したのは、カルスだった。

その言葉の意味が理解できずカルスは困惑する。

「えっと、どういうことでしょうか？」

『我の作り上げた槍はただの槍に非《あら》ず。言うならば槍という概念を具現化した物だ。その形は定形ではなく、持ち主のありようによってその姿かたちを如何様《いかよう》にも変える』

「は、はあ」

理解が追いつかず、カルスは間の抜けた返事をする。

それを察したセシリアはすかさずフォローを入れる。

「つまりその槍は形を変えカルスさんの体の中に入っている、ということでよろしいでしょうか？」

『うむ。そう捉えてもらって構わない』

カルスはそれを聞いてなるほどと納得する。

しかし体の中に槍があると言われてもピンとこない。特に槍が消える前と今とで体に差は感じなかったからだ。

『既に力の受け渡しは完了している。想像《イメージ》するのだ、全てを貫く槍の姿を。そして唱えろ。その槍の名前は「光の竜槍《ライザクス》」。我が名を冠した最強の槍だ』

カルスは自らの右手を見ながら想像《イメージ》する。

頭に浮かぶのは絵本に描かれたご先祖様の姿。白竜に乗り空を駆ける彼の手には光り輝く槍が握られていた。

そういえば本によってその槍の形や大きさはまちまちだったな、とカルスは思う。

伝承によって細部が異なるのは当然だから気にも留《と》めなかったが、今にして思えば、あれは槍の形がその時々によって変化していたからかもしれない。

深く、深く集中したカルスは、右手に魔力を込め槍の名を口にする。

「光の竜槍《ライザクス》！」

次の瞬間、カルスの右手が激しく発光する。

そしてその光が収まると、彼の手には淡く光を放つ槍が握られていた。

その槍に装飾の類《たぐい》はない。

ただ対象を貫くためにのみ存在するそれは、決して飾らず、媚《こ》びず、だからこそ美しい形をしていた。

「これが白竜の槍……」

自らの手に収まる槍を見て、カルスは呟く。

魔力によって具現化されたそれに重さはない。しかしそれに込められた力はとてつもないとカル

スは感じた。

「あ……」

槍はしばらくするとフッと消えてしまう。

カルスはもう一度槍を出そうとするが、それをライザクスに止められる。

『その槍の力はまだお主の体に定着しきっていない。使いすぎると体に負荷がかかってしまうからよしておいた方がいい』

「わ、分かりました」

カルスはこくこくと頷く。

『さて、話はこれくらいにして地上に行くとしよう。槍がかけられていた台座に魔力を流せば地上に転送する魔法が発動するようになっている』

「分かりました。でもその前にあと二つ、聞いておきたいことがあります。よろしいでしょうか」

『無論だ。申してみよ』

「なぜ魔の者は今になって活性化したのでしょうか？　もしかして……僕の呪いと関係があるのでしょうか？」

カルスの問いに、ライザクスは少し考えるような素振りを見せた後、答える。

『おそらくだが……関係はある。五百年前と今、忌み人の誕生と魔の者が活性化した時期が被ったのは偶然ではないだろう。魔の者は闇の魔力で構成された魔法生命体。そして呪いもまた闇の魔力が由来とされている。二つは近しい存在なのだ』

ライザクスはそう言った後、カルスをフォローするように優しい口調で言う。

『そなたは自分が来たせいで魔の者が活性化したのではないかと心配しているのだろうが、それは違う。魔の者の活性化はもっと別の、大きなものが原因だろう。そなたが来ずとも魔の者は活動していただろう』

「……ありがとうございます。そう言っていただけると救われます」

カルスは心底ホッとする。

故意ではないとはいえ、もし自分が原因だったのなら自身を攻め続けていただろう。

『ではもう一つ聞きたいこととやらを言うといい』

「はい。ライザクスさんの姿はなんで僕たちに見えるのでしょうか？」

『そのことか。我はただの精霊ではない。誇り高き竜族として生まれた者は、高位の精霊となることができる。高位の精霊であれば人に見えるよう知覚領域を広げることも可能。少しコツはいるがな』

「……え？」

ライザクスの言葉にカルスは困惑する。

なぜなら彼の相棒である光の精霊セレナも、高位の精霊であるはずだからだ。

それなのに彼女は普通の人間に姿を見せることができなかった。

「ライザクスさん、実は……」

カルスは自分の精霊のことをライザクスに説明する。

自分には光の精霊の姫であるセレナが憑いていること。自分は彼女を見ることができて、会話しているということ。今は離れ離れになっていること。そして彼女は人前に姿を現すことができないということ。

全てを正直に話した。

『なるほど、光の精霊の姫、か。その者が姿を現す方法を知らぬのも無理はない』

「どういうことでしょうか?」

『精霊の姫は何人もいるが、その中でも光の姫は末妹。一番後に生まれ、それゆえになにも教えてもらえなかったのだ』

「末妹ってことは……セレナにはお姉さんがいるんですか?」

カルスは驚いたように尋ねる。

姉妹がいるなんて話は一回も聞いたことがなかったのだ。

『姉と言っても生物のように血が繋《つな》がっているわけではない。彼女たちは産まれ方が同じなのだ』

「産まれ方、ですか?」

『うむ、我も詳しくはないが、精霊の姫は成り立ちからして他の精霊とは違うと言われておる。しかしそれにしても……そうか、セレナという名をつけたか。セレネアはこれを知っているのか……?』

「あの……」

ライザクスはぶつぶつと喋りながら考えごとをする。

『ああすまない。こちらの話だ。とにかく、光の姫が知らないのも無理はないという話だ。そやつは親や姉妹から知識を授かる前に一人になってしまったのだろう。なに、我がコツを教えればすぐに姿を現せるようになる。ここから出られたらそうしようではないか』

「はい、ありがとうございます！」

『うむ。それでは早速地上に戻るとしよう。「止《と》まり石《いし》」は持っているか？』

ライザクスの問いに、カルスは首を傾げる。

すると隣りにいたセシリアがすかさずフォローをする。

「止まり石は宿り石の古い呼び名です」

「ああ、そういえばそうだったね。ええっとここに……あった」

カルスは小鞄《ポーチ》の中から白い石を取り出す。

宿り石、古くは止まり石と呼ばれたその石は、精霊が腰を下ろし休む場所だ。今でも祠《ほこら》などには宿り石が置かれ、精霊に祈りと供物を捧《ささ》げる地域がある。

「これをどうするんですか？」

『既に体験していると思うが、次元魔法は精霊と人を引き離してしまう。しかし止まり石に触れていれば精霊も人とともに移動することができるのだ』

「なるほど……つまりライザクスさんも一緒に外に行けるってことですね」

『左様。魔の者を倒すのに我の力も必要だろう』

「助かります。ライザクスさんがいれば百人力です」

そうだろう。と、ライザクスは嬉しそうに笑みを浮かべる。

頼もしい味方を得たカルスは、さっそく台座に触り地上に転移しようとする。しかし、

「わわっ⁉」

「きゃあ⁉」

突然大地が大きく揺れ、カルスとセシリアは大きく姿勢を崩す。

なんとか踏みとどまり倒れることはなかったが、二人は警戒する。

「今のって……」

『魔の者、であろうな。思ったよりも行動が早い、もしかしたらもう地上に出ているかもしれぬ。急いだ方がいいかもしれぬな』

「分かりました、急ぎましょう」

魔の者が暴れれば王都が危ない。

カルスたちは急ぎ地上に向かうのだった。

◆　◆　◆

その者たちは……長く、長く潜んでいた。

暗い地の底で肩を寄せ合い、ずっと復讐《ふくしゅう》の機会をっていた。

闇より生まれ出《い》でた者たちは、他の生き物とは根本から異なる。

全ての生き物は『自らの幸せ』のために生きるが、闇の生き物は『他人の不幸』のために生きるのだ。

そこに善や悪は関係ない。ただそれだけが彼らの行動理由、愛情表現、生きる意味なのだ。

ゆえに長い間地の底にいた彼らは渇望していた。

悲鳴に、苦痛に、怨嗟《えんさ》に、狂気に、そして絶望に。

それらのみが彼らの飢えを、渇きを癒やしてくれる。

『オオ、ォ……!』

地面に小さくヒビが割れ、最初の魔の者が地上へと出てくる。

降り注ぐ日光がその者の肌を甘く焼く。

五百年ぶりの日差《それ》しに鋭い痛みが走るが、今はそれすら心地よいと感じた。

『ウウ……』

辺りを見渡すと、そこには建物がたくさんあった。

綺麗《きれい》で、整備された場所だ。人の匂いもたくさんする。

ここならたくさんの痛みと恐怖を生むことができる。魔の者の醜悪な口が笑みを浮かべる。

仲間が続くのを待たず、その者は人を探し始める。

もはや野生動物でも構わない。だれでもいいから痛みをくれ。

そう思う魔の者の前に、一人の人間が現れる。

「……これが魔の者、か。確かに今まで見たどんな生き物よりも恐ろしいの」

『ウゥ……ッ』

現れたご馳走《ちそう》を見て、魔の者は口から涎をボトボトと落とす。

多少歳を取っていて肉は少なめだが……まあいい。待ちに待った食事の時間だ。仲間が来る前にいただくとしよう。

魔の者は口の中に広がるであろう味を想像しながら、その老人に近づいていく。

『ニグ、グワセロ……』

「驚いた。言葉を理解しているとはな」

老人は構えていた杖を、一旦下げる。

そして言葉による意思疎通を試みる。

「悪いがこの地にはもう人が住み着いておる。他所《よそ》で暮らしてもらえると助かる。もし受け入れてくれるのならば、移住の支援は最大限行う」

もし他人が見れば、老人の行いを非難するであろう。

化物と対話しようとするなど普通の人間であればしない。すぐに殺せと言うだろう。

しかしその老人は違った。

たとえ相手がどのような化物であろうと、戦闘以外に取れる道があるならそれを模索する。昔からそういう考えを持っていた。

そのおかげで分かり合えた者もたくさんいる。しかし今日出会った相手は……そうはいかなかった。

『コロス……ジネッ‼』

大きな口を開け、魔の者は襲いかかってくる。

老人は逃げることなく。それを正面から迎え撃つ。

「光の鷹《ラ・ホウク》」

老人が杖を振るうと、光の鷹が出現しその翼で魔の者の体を真っ二つに切り裂く。

『ガ……ア……!?』

なにが起きたのかすら分からぬまま、魔の者は崩れ落ちる。

その肉体は泥のように溶け、そして消える。後にはなにも残らなかった。

「死ぬと体は消え去るのか。死体の処理をしなくてよいのは楽だが、これでは生態を調べることもできんな」

魔の者が消え去った地面を調べながら、元賢者ゴーリィは呟く。

すると彼の後ろに鉄兜《てつかぶと》で顔を覆っている男が現れる。

「準備が整ったぞゴーリィ。こっちはいつでも始められる！」

「ありがとうございますメタル殿。助かります」

ゴーリィが礼を言った相手は、大賢者の一人メタル。

〝鉄人〟の異名を持つ魔術協会きっての武闘派だ。

古くから協会に在籍している彼は、ゴーリィとの付き合いも長い。

癖の強い者が多い大賢者の中ではメタルはかなりまともな部類に入る。ゴーリィは彼のことが嫌いではなかった。

「それにしても驚いたぞゴーリィ。まさかお前が協会を辞めるなんてな。しかも大賢者の席を蹴ったらしいじゃないか！　エミリアもさぞ驚いたことだろう！」

ハッハッハ、と笑うメタル。

兜で表情こそ見えないが声はかなり楽しげだ。

「後悔は、ないのだな？」

「はい。微塵《みじん》も」

「ならばよい！　短い人生、悔いのないよう生きなければな！」

話しながら、二人は学園の中庭に到着する。

そこには協会から送られてきた魔法使い約百名、学園の教師約十名、王国の騎士三十名ほどが集まっていた。

すでに魔法学園から生徒の避難は完了し、魔の者が学園の外に出られないよう結界も張ってある。

あとは現れるであろう魔の者を全て倒すことができれば、万事解決だ。

「メタル殿はこの戦、勝てると思いますか？」

「当然だ。私がいるのだからな」

「ほほ、それは心強い。存分に頼らせてもらいますぞ」

「ああ、任せるといい」得意げにそう言ったメタルはゴーリィと別れ、持ち場に帰っていく。

するとメタルと入れ替わるように一人の騎士がゴーリィのもとにやってくる。

燃えるような赤い髪に、鍛えられた肉体と鋭い眼光。彼の顔を見たゴーリィは驚いたように目を丸くする。

「これは驚いた。まさか殿下がいらっしゃるとは……」

「お久しぶりですゴーリィ殿。ご壮健のようでなによりです」

そう言ったのはレディヴィア王国の第一王子にしてカルスの兄、ダミアン・リオネール・レディツヴァイセンであった。

王子でありながら腕の立つ戦士でもある彼は、騎士を率いてこの危機に馳《は》せ参じたのだ。

「これだけの騎士を引き連れてきてくださるとは……。迅速な行動、見事な手腕であらせられる」

「学園長殿がすぐ連絡してくださったおかげです。おかげでこちらもすぐに対応できました」

マクベルの報告を聞いた学園長ローラは、すぐに国王のもとへ使者を送った。国王とともに報せを受けたダミアンはすぐに行動に移した。

多忙で王都を離れることも多いダミアンが城にいたのは、不幸中の幸いと言えるだろう。

「人払いなら兵士たちが済ませています。安心して戦ってください」

「ありがとうございます殿下。ちなみに魔の者のことは民に知らせているのですか?」

「いや…… 知らせていません。民には危険な魔物が現れたので近づかないようにとの報だけが出ているはずです」

ダミアンは少し暗い表情をしながらそう答える。

「民を騙《だま》すような真似をするのは心が痛みますが、魔の者が現れたことが他国に知られるのは非常にマズい。帝国がこのことを知れば侵攻する口実にするでしょう」

王国の北東部に位置する国家『イングラム帝国』。

帝国と王国は昔から仲が悪く、過去に大きな戦争を二度起こしたことがある。

最近は小競り合い程度で済んではいるが、もし魔の者のことを知れば大陸平和の大義名分のもと、王都を攻撃してくる恐れがあった。

帝国は大陸有数の軍事国家。

王都が陥落すれば王国は長くは保たない。あっという間に侵略され尽くしてしまうだろう。

「ゆえに父上の決定に文句はありません。それよりも今一番気がかりなのは……」

「カルスのこと、ですな」

ゴーリィの言葉にダミアンは頷く。

既にカルスが失踪したことは彼や国王ガリウスの耳にも入っていた。

「遺跡に入ったのはカルスが望んでのこと。学園や教師を責めるつもりはありません。しかしカルスになにかあったのなら……冷静でいられる自信はありません」

そう語るダミアンの目には強い想いが宿っている。

それが怒りか悔しさか、それともなにか別の想いであるのかゴーリィには推し量れなかった。

「カルスは絶対に助けます。この命に代えてでも」

「ええ、必ず助け出しましょう殿下。私も全身全霊でもって望ませていただきます」

カルスを助けるため、二人は決意を新たにする。

すると次の瞬間、地面に大きな亀裂が入り黒く蠢《うごめ》く異形の者たちが姿を現した。

ダミアンはすぐさま行動し、騎士たちに命令する。

「絶対に奴らを敷地外に出すな！　王国騎士団の名に恥じぬ活躍をしろ！」

ダミアンの鼓舞により、騎士たちは雄叫びを上げながら魔の者に斬りかかる。

負けられぬ戦いが、今始まったのだ。

「かかれ！　一匹も討ち漏らすな！」

ダミアンの指揮のもと、騎士たちが魔の者に斬りかかる。

魔の者の姿形、大きさは様々だ。小さいボール程度のものから、大きな人型とバリエーションに富んでいる。

小さいものであれば騎士でも倒すことはできた。しかし大型となると、そう簡単にはいかない。

『ジャマ……ダ！』

大きな人型の魔の者が太い腕を振り回すと、騎士数人が吹き飛ばされる。

隙を見て騎士は剣を突き立てるが、その皮膚は硬く、浅い傷を与えることしかできない。

「ちらほらと強い個体がいるな……！」

ダミアンも指揮を執りながら何体か倒したが、魔の者は想像以上の難敵であった。

彼らは死を恐れず真正面から捨て身で突っ込んでくる。

生命力も高く、真っ二つに切り裂いてもしばらくの間は動いているほどだ。

酷い腐臭に耳障りな声、そして恐怖を駆り立てる見た目と、相手をしているだけで気が滅入ってくる。騎士の中には早々に戦意を喪失する者もいた。

「殿下！　大型がこちらに来ます！」

ダミアンがそちらを向くと、すでにかなり近くまで大型の魔の者が接近してきていた。

騎士たちが必死に応戦しているが、腕を振るたび枯れ葉のように吹き飛ばされてしまう。

「殿下に近づけるな！」

騎士たちは魔法も使い、魔の者に果敢に攻撃する。

しかしいくら傷をつけても立ちどころに再生してしまい足止めにもならなかった。

騎士をなぎ倒しながら進んでくるそれは、ダミアンと目が合うと、にちゃあ、と醜悪な笑みを浮かべた。

「あいつ。明確に俺を狙っている……！」

魔の者に高い知能はない。

あるのは他者を不幸にしたいという強い衝動のみ。

その衝動ゆえに彼らは相手がなにをされると嫌なのかを感じ取る能力が高い。

騎士たちがもっとも恐れるのは、王子であるダミアンが傷つけられること。魔の者はそれを本能で感じ取り、実行に移したのだ。

『ガアアアアァ!!』

雄叫びを上げながら迫ってくる魔の者。

剣も盾も魔法もまるで役に立たない。騎士たちの顔に絶望が滲《にじ》み始めたその時、一人の人物が魔の者の前に立ちはだかる。

「はっは！　元気のいいやつだ！」

鉄兜を被った大賢者、メタル。

彼はまるで散歩でもするような軽やかな足取りで魔の者の前に現れた。

魔の者は突然の乱入者に動揺することなく、他の騎士同様メタルをその太い腕で殴り飛ばす。しかし、

『ガ……？』

その拳はメタルに当たった瞬間、ガチン！　と大きな音を立てて止まってしまう。

それだけではない、魔の者の拳は砕け、黒い液体が傷口からボタボタとこぼれ落ちている。

魔の者が拳を当てた瞬間感じたのは、まるで巨大な岩、いや鉄の塊を殴ったかのような感触。とても人を殴ったようには感じられなかった。

しかも目の前の人物は魔法を使ったようにも見えない。魔の者は大いに困惑する。

「どうした？　終わりか？」

『グゥ……!!』

メタルの問いに魔の者は激昂《げっこう》する。

彼ら人間は脆弱《ぜいじゃく》な存在、自分たちに不幸を供給する餌としか認識していない。

ただ一つの例外が五百年前に自分たちを滅ぼしたあの男。

白竜の背に乗り、巨大な光の槍を操るその男を、魔の者たちは唯一恐れた。

しかしあの男はもう死んだはず。あのような者が二人と存在するものか。

魔の者は怒りに身を任せて何度も何度もメタルを殴打する。

『ガアアアアアッッ!!』

「ははっ、元気だな！　ではそろそろこちらもお返しするとしよう」

メタルは右の拳を握り、ひゅっと正拳突きを放つ。

なんの変哲もないただのパンチ。しかしその攻撃は魔の者の体に大きな風穴を空けてしまう。

『ガ……?』

左の腹に大きな穴が空いたことで魔の者の上半身は左に傾く。なにが起きたのか分からず困惑する魔の者に対し、メタルは二発、拳を放つ。

メタルはその場から動いていない。それなのに再び魔の者には新しい風穴が二つ空いてしまう。

彼は拳から大砲のごとき威力の衝撃波を放てるのだ。

『アリ……エ……ナイ』

体にいくつも穴が空いたことで魔の者は自分の体を支えきれなくなり、その場に崩れ落ちる。

メタルはダメ押しとばかりに魔の者の頭部を踏み潰す。

「相手が悪かったな！　私の肉体には鋼《はがね》が宿っている！　その程度の攻撃では折れない！」

大賢者の中でも『最硬《さいこう》』と名高い男、メタル。

彼は戦場とは思えない軽やかな足取りで、再び魔の者たちの中に入っていくのだった。

◆　◆　◆

「あいつらもう外に出てきたの……!?」

時計塔の窓から外を見ながら、そうクリスが呟く。

外で行われている戦いは激しく、その戦闘音は時計塔の上まで聞こえてくる。時折時計塔が揺れ、置かれているフラスコなどの実験器具が倒れそうになりそれを慌ててサリアが押さえている。

「見ているだけ、というのも気持ちが悪いな。俺も参加したいものだ」

「そんなことをしたら追い出されるのが関の山。今はジッとしておいた方がいいだろうねえ」

体をうずうずとさせるヴォルガを、サリアは諫《いさ》める。

クリス、ヴォルガ、ジャック、そしてサリアの四名は時計塔の中に隠れていた。

普通に隠れただけでは魔力探知で見つかってしまうかもしれないが、時計塔には魔力探知を妨害《ジャミング》する魔道具も置かれている。そう簡単に見つかることはないだろう。

それにここにいるとしたらサリア一人と教師は考える。

ことなかれ主義なはずのサリアがこの戦闘に関わってくる可能性は零《ゼロ》に等しい。だから時計塔が見逃されているというところはある。

「カルス、まだ中にいるの……?」

クリスは双眼鏡で戦いを観察するが、そこにカルスの姿はない。

焦りばかりが胸に積もり、喉がからからと乾いていく。

それを見かねたサリアはクリスに冷たい水が入ったコップを差し出す。

「焦るな、と言っても仕方ないと思うが……まあ一旦座って落ち着きたまえ。いざという時に動けなくては元も子もない」

「はい……ありがとうございます」

クリスは素直に水を受け取り、椅子に座る。

それを見てサリアはうんうんと満足そうに頷く。

「それにしても全く……後輩くんはどこに行ったのやら」

やれやれといった感じで珈琲《コーヒー》が入ったフラスコを口にするサリア。

その絵面は怪しい薬剤を飲んでいるようにしか見えない。

「そういえば誰か魔法陣の形を覚えていないかい？」

「魔法陣の形、ですか？」

サリアの問いに、ヴォルガは首を傾げる。

一同は記憶を遡ってみるが、魔法陣の形など誰も覚えていなかった。

「形でなにか分かるんですか？」

「まあね。魔法陣の模様が分かれば更に絞れる。なに、そんなに難しいことではないよ、事前知識さえあれば君にだって分かるだろう」

こともなげにそう言うサリアを見て、ヴォルガは内心舌を巻く。

魔法陣の形は、魔法の種類によって細かく変わる。それは他人に容易に真似されないためという側面もあるため、見ただけでそれがどのような効果なのかを推測することは非常に困難なのだ。

そんな大人の魔法使いでもできないことを、彼女は行うことができた。

サリアが優秀であることは知っていたがここまでとは。とヴォルガは幼女にしか見えない先輩の評価を改める。

「それにしても『次元魔法』か。無事だといいのだけどね」

「え？　どういうことですか？」

サリアの意味深な言葉にジャックが反応する。

「次元魔法で別の場所に飛ばされた者は、しばらく魔法が使えなくなるという事例があるんだ。次元魔法というのは珍しく、ほとんど見かけられないものだから魔法が使えなくなる理由というのは判明していないんだけどね」

「じゃあカルスは今、魔法が使えない可能性があるっていうんですか？　それってかなりマズいんじゃないですか⁉」

ジャックの言葉にクリスがびくっと反応する。

不安で暴れそうになる体をぎゅっと両手で押さえ、唇を強く噛む。

今動いても事態が好転しないことは彼女もよく理解していた。

「落ち着きたまえ。まだ魔法が使えなくなったと決まったわけじゃない」

魔法が使えなくなる理由としてもっとも有力な説は『転移酔《てんいよ》い』と呼ばれる現象だ。

急に場所が変わったせいで環境の変化に体がついていけず、不調になることを俗に『転移酔い』というのだ。

体が不調になったことで魔法も使えなくなる。という説が今はもっとも有力だと言われている。

しかしその説はまだ立証には至っていない。

サリアはなにか他に考えられる理由はあるか考える。

思考の海に漂うこと数秒。

彼女はあることに気が付き、「あ」と声を発する。

「……なんでこんな簡単なことに気がつかなかったんだ。自分の馬鹿さ加減が嫌になるよ……！」

サリアは慌てて部屋にある魔道具をゴソゴソとイジり始める。

他のメンバーは彼女の突然の行動に首を傾げる。

「あの……サリア先輩？」

「ちょっと静かにしてくれたまえ！」

「は、はい」

本気のトーンで怒鳴られ、ジャックはしゅんとする。

そんな彼をよそに、サリアはある魔道具を起動させる。

「……転移で魔法が使えなくなる現象は知っていた。その理由について考えたこともある、まあこれだって説は思いつかなかったけどね。でも今は違う、その時には知らなかったことを今は知っている」

「それって……」

「精霊のことさ」

その言葉にジャックとクリスは「?」と首をひねる。

一方ヴォルガはサリアの言わんとしていることに気がついたみたいで「そういう、ことか……」と驚きの表情を浮かべる。

「分かりやすく説明しよう。転移にも『範囲指定』と『対象指定』が存在する。その名の通り範囲指定は一定範囲内の物を転移させ、対象指定は特定の人物や物を転移させる。ここまでは分かるね?」

ジャックとクリスは首を縦に振る。

「じゃあ『対象指定』でその人物が転移した時……その人物に憑いていた精霊はどうなると思う? 答えはこうだ」

「そう、」

サリアは言いながら魔道具を起動させる。

ブゥン……と音を立てながら起動する魔道具。それを触りながらサリアは言葉を続ける。

「転移は人と精霊を引き離してしまう可能性がある。それゆえに転移後の人は魔法を使えなくなってしまう。残された精霊は当然主人のもとに戻りたいが、あてなどない。となれば取る手段は一つ」

魔道具の効果が発動し、空間が特殊な力場に包まれる。

するとその部屋に……ある人物が姿を現す。

「もっとも主人と再会できそうな人物についていく……そうだろう? 光の姫君よ」

にやりと笑うサリアの視線の先。

そこには魔道具の効果により姿を現したセレナの姿があった。

◆　◆　◆

「光の槍《ラ・サクス》！」

ゴーリィが叫ぶと、杖の先から光の槍を出現する。

それを横薙《な》ぎに振るうと彼を襲おうとしていた魔の者たちは切り裂かれ、地に伏せる。

「はあ……はあ……キリがないのう」

肩で息をするゴーリィ。

既に何十体もの魔の者を倒したにもかかわらず、一向に敵の勢いは衰えなかった。

それどころか最初より数が増しているようにも見える。さすがのゴーリィもこれには参ってしまう。

「カルス、無事でおってくれよ……！」

弟子のことを心配するゴーリィ。

するとその隙を突き、小型の魔の者がゴーリィの背後に迫っていた。鋭く光る牙をむき出しにし、それは音もなくゴーリィの首元に噛みつきかかる。すると、

「渇け」

そう声がした瞬間、唐突に魔の者は『ガアアアッ⁉』と苦しそうに叫ぶ。

「なんじゃ⁉」

声で敵の接近に気づいたゴーリィは飛び退き、距離を取る。

苦しむ魔の者の体がしぼんでいき、最終的に水分が抜け落ちたような姿に慣れ果てる。

苦しそうに『ゴ、ゴァ……』と呻く魔の者。その間もその体から水分はどんどん失われていき、ミイラのようになってしまう。

完全に活動不能になったその体は、最終的に砂のように崩れ、消える。

「魔力生命体といえど、水分は重要なようだ……ならば朽ちさせることも容易い……」

そう言いながらゴーリィの前に姿を現したのは腰の曲がった長身の老人であった。

手には枯木でできた杖を持ち、動作は緩慢。まるで幽鬼のようであった。

「感謝いたしますムーングリム殿」

「……仕事でやったまでだ」

無愛想な感じでそう答えたのは、大賢者の一人、〝枯れ木〟の異名を持つムーングリムであった。

メタルとは何度か仕事をしたことがあるゴーリィであったが、ムーングリムとともに仕事をするのは初めてであった。

無論仕事をしたことはなくても大賢者である彼のことは知っているし、話したこともある。

初めて会ったのは協会に入ってすぐのことであり、ムーングリムはその頃から今のような老人であった。

なのでしばらく後に会った時、見た目がまったく変わっていないことにゴーリィはたいそう驚いた。勇気を出して直接聞いたこともあったが、要領を得た回答は得られなかった。

彼ら大賢者と人智《じんち》を超えた化物。真面目に考えるだけ無駄だということをその時に痛感した。

「ああ……面倒くさい。早く帰りたいというのに次から次へと……」

苛立ちながらムーングリムはその大きな右手を正面に突き出す。

そしてくわっと目を見開くと、手の先にいた十数体の魔の者が一斉に苦しみ出す。

『ガ、ガア……⁉』

みるみる内に彼らの体から水分が蒸発し、体が乾いていく。

なにかをされているのは分かるが、なにをされているのか全く分からない。結局彼らは抗うまもなくミイラとなり、死ぬ。

その様子を見ていたゴーリィは戦慄する。

これが魔法なのか魔術なのかすら分からん。やはり大賢者は化物だ……！　と。

「移動するのも面倒だ……ここは私がやる。お前は他に行くといい」

「分かりました。お願いいたします」

近くにいたら巻き込まれる可能性もある。

ゴーリィはその場を彼に任せ、場所を移動する。

「数は……減っている様子はないの……」

地面に入ったヒビからは魔の者が出現し続けている。現状なんとか抑えきれてはいるが、徐々に騎士と魔法使いたちの顔に疲れの色が浮かび始めている。

一旦回復魔法をかけた方がいいか。

そうゴーリィが思った瞬間、地面に入ったヒビからとてつもない魔力が吹き出す。

「なんじゃ⁉」

そのおぞましい魔力にゴーリィは戦慄する。

今までの魔の者からも気持ちの悪い魔力は感じた。しかし今感じるそれは、それまでのものとは次元が違った。

『なんだ……まだ、一人も殺せていないのか？』

ヒビより現れたのは、三体の魔の者。

大柄なのが一体と、小柄なのが二体。その全てが人の形をしている。

ゴーリィが気になったのは、その者の言葉が流暢《りゅうちょう》だということ。今までの魔の者も喋りはしたが、たどたどしい感じで上手くは喋れていなかった。

しかし新しく現れた魔の者は人間と同じように喋った。

それはつまり人間並みの『知能』を持っている可能性が高いということ。知能が高ければ魔法や魔術の威力も上がる。

ただでさえ強靱《きょうじん》な肉体を持っているというのに、それが加われば厄介では済まなくなる。

『ス、スミマセン。マグルパサマ』

魔の者の一体が、新しく現れた小柄の魔の者に謝罪する。

どうやらこの『マグルパ』という名前の個体がリーダー格らしい。

マグルパは辺りを見回し、状況を確認する。

『人間のくせに生意気にも備えていたみたいだね。久しぶりの食事だ、派手にいくとしよう』

マグルパは近くに置かれている大きな瓦礫《がれき》を手で触れる。

それは地面がヒビ割れた際にできたものだ。

マグルパはそれを右手で触りながら魔法使いが集まっているところを見て、反対の手で指を鳴らす。

『送転移《アスポート》』

そう言った瞬間、大きな瓦礫がその場からパッと消えてしまう。

いったいなにが起きた？　そう周りが思っていると、急に地面に影が差す。

雲が現れたのかと思い空を見上げると、そこには先程まで地面に転がっていた瓦礫があった。

「た、退避!!　潰されるぞ!!」

蜘蛛《くも》の子を散らすように騎士たちは逃げる。

そして彼らがいた地点に瓦礫は墜落、爆音と砂煙を立てる。

「あ、危なかった……」

もう少し逃げるのが遅れていれば、瓦礫の下敷きであっただろう。騎士たちは冷や汗をかく。

その様子を見ていたゴーリィも驚いていたが、彼が着目していたのは魔の者が使った魔法についてだった。

「あれは次元魔法!?　そのようなものまで使えるとは……!!」

時や空間に作用する魔法、魔術、その他魔法的現象は総称して『次元魔法』と呼ばれる。

次元魔法は極めて珍しいもので、ゴーリィですらそれを見たのは片手で数えられる程度である。

そのようなものを人間ではなく、魔の者が使えるなど、信じられなかった。

『くくく。お前たちも存分に暴れ、苦痛を撒《ま》き散らしてくるといい』

マグルパの命を受け、魔の者たちの勢いが一層増す。

戦闘は更に激化の一途をたどる。

突然現れた強力な力を持つ三体の魔の者。

彼らのせいで拮抗《きっこう》していたパワーバランスは崩れ、人間側に負傷者が続出し始める。

「光の治癒《ラ・ヒール》！」

ゴーリィは危険そうな者から回復魔法を施していくが、増え続ける負傷者の前では焼け石に水。

彼の魔力量で全員を治療するのは不可能であった。

「全く。老骨には堪えるわい……！」

協会からも回復魔法の使い手は来ている。

しかし回復魔法を使える者は少なく、その腕前も高いとは言えない。カルスやゴーリィといった光魔法使いは回復魔法の使い手の中では上澄み、トップレベルの腕前なのだ。

「このままでは戦線は崩壊する。奴らを完全に防ぐのは不可能じゃろう。そうなれば街に奴らがなだれ込むのも時間の問題。こんな時にあの会長《バカ》はなにをやっておるんじゃ！」

ゴーリィは自分に襲いかかってきた魔の者を倒しながら悪態をつく。

魔術協会の長エミリアは最初に姿を見せて以来、姿をくらませていた。戦闘が始まれば姿を現すと思っていたが、劣勢になっても一向に出てくる様子がない。

「まあもとより期待なぞしてはいなかったが……あやつめ、学園が滅んでも構わんのか？」

一体なにが狙いなんだ。

ゴーリィは思考を巡らせようとするが、襲いかかってくる魔の者のせいで冷静に考えることができない。

ひとまず目の前の敵をなんとかしなければいけない。

「……早く帰りたいというのにしぶとい奴らだ」

「ムーングリム殿！」

気がつけば近くに大賢者の一人ムーングリムがやってきていた。

大量の魔の者を倒しているはずなのに、その顔に疲れは見られず、怪我をしているようにも見えない。

「あそこにいる三体が親玉か！　奴らを倒せば楽になりそうだな！」

ムーングリムの横には同じく大賢者のメタルがいた。

彼もまだ余裕を見せている。二人の強さを再確認したゴーリィは舌を巻く。

「ゴーリィは負傷者の手当を。私とムーングリムで奴らを倒してこよう！」

「お願いしますメタル殿。ご健闘をお祈りします」

「うむ！　任された！」

肩で風を切りながら魔の者の群れに突っ込んでいくメタル。

勝手に頭数に入れられていたムーングリムは面倒くさそうにしながらも後に続く。

「貴様は昔から勝手なやつだ……三百年前からなにも変わっていない」

「ははは！　それはどうも！」

「……よく褒められていると思えるな」

戦場にいるとは思えない会話をしながら進む彼らの前に魔の者が立ちはだかる。

するとムーングリムが手にした大きな杖を地面に突き刺し、立ちはだかる魔の者を睨みつける。

「失《う》せろ」

次の瞬間、地面から何十本もの細く鋭いトゲが生え、魔の者たちを一瞬で串刺しにしてしまう。

よく見るとそのトゲは、乾いて細くなった『木』であった。

水分を失い限界まで凝縮されたその木の硬度は鉄を超える。更に突き刺した相手の水分を瞬く間に吸い尽くし、ミイラへと変えてしまう。

一瞬のうちにして体を貫かれ、更には水分を奪われ次々とミイラに変わっていく魔の者たち。まさに地獄絵図だった。その光景を見た他の騎士や魔法使いたちは恐怖する。

「はっは！　相変わらず容赦ないな！」

一方メタルは笑いながらその地獄絵図の中を突き進む。

すると彼の前に大柄の魔の者が立ちふさがる。その者は強力な力を持った三体の魔の者の内の一体であった。

「おや、そっちから来てくれるとは助かる」

『脆弱な人間風情が……調子に乗るなよ』

その魔の者は他の個体よりもかなり大きい体を持っていた。

五メートルはある筋骨隆々の肉体に四本の太い腕。見るからに他の個体よりも強力な力を持っているのが分かる。

しかしメタルはそれでも一切動揺していなかった。

『我が名は豪腕のバルバトス。この鉄の拳で貴様らを粉々に打ち砕いて見せよう』

「ふふ、力自慢は好きだぞ。私は逃げも隠れもしない、存分にかかってくるといい」

『ふざけたことを……死ねッ!!』

バルバトスは四本の太い腕で何度も何度もメタルを殴りつける。

巻き起こる破壊の嵐。その一発一発の威力はまるで隕石《いんせき》のように重く、地面にはいくつもの陥没痕《クレーター》ができてしまう。

『ははは！　他愛なし、他愛なしィ！　……ん？』

魔の者は殴りながら違和感を感じ、一旦攻撃をやめる。

そして自分の拳を確認してみると、なんとボロボロに砕けていた。

『な、なんだこれは⁉』

驚愕するバルバトス。

そんな彼に悠然とメタルは近づいていく。

あれほどの攻撃を受けたにもかかわらず、やはり彼は無傷であった。

「いいものを持ってはいるが、それでは私の鋼の肉体に傷をつけることはできないな。残念だ」

『ヒ、ヒィ……ッ！』

バルバトスは生まれて初めて『恐怖』を知る。

今まで恐怖とは自分が撒き散らすものだと思っていた。しかしそれは自惚《うぬぼ》れであった。

強者の前では自分も恐怖を受ける側に回る……それをバルバトスは悟った。

「いいものをくれた礼だ。とっておきをくれてやろう」

『や、やめ……』

バルバトスは逃げようとするが、もう遅い。

メタルは右の拳を握りしめ、構える。そこから放たれるのは超高速の正拳突き。音速を超えて放たれるその一撃は衝撃波を生み、あらゆるものを討ち滅ぼす。

技の名前は『隕鉄拳《メタルバスター》』。

かつて難攻不落と言われた砦《とりで》を破壊し、大きな戦を終わらせたこともあるその一撃は、バルバトスの巨体を吹き飛ばしてしまう。

『ガ、ア……』

地面に這《は》いつくばるバルバトス。拳が当たった腹部には大きな穴が空いている。しかしバルバトスは傷を修復しながらメタルを睨みつけている。その闘志はまだ消えていなかった。

「まだ生きているとは頑丈だな。どれ、今トドメを刺してやろう」

そう言ってメタルは歩き出す。

すると突然地面からいくつもの黒い触手のようなものが生え、その鋭い先端でメタルのことを突き刺そうとしてくる。

「お？」

突然のことにメタルも驚き素っ頓狂な声を出す。

メタルにその触手が突き刺さるかというその刹那、今度は地面から鋭い木の根が生え、メタルに襲いかかる触手を全て撃退した。

「……油断しすぎだメタル。まあ貴様ならあれが当たったところで怪我はしないと思うがな」

出した木の根っこを引っ込めながら、ムーングリムが言う。

「ありがとう、助かったぞ！」

「世辞はいい。それより……来るぞ」

ムーングリムの視線の先、そこには二体の魔の者がいた。

バルバトスを除いた強力な力を持つ魔の者だ。

一体が次元魔法を操るマグルパ。

そしてもう一体が体からうねうねと動く奇妙な触手を生やした個体。どうやらこの個体が先程メタルを襲った触手を生み出したようだ。

『こんにちは、僕は植樹《しょくじゅ》のメリーヴァ。よろしくね』

メリーヴァと名乗った魔の者はにっこりと笑みを浮かべる。

見た目は肌の浅黒い少年。触手を隠して人混みに混じっていたら、普通の人間と見分けがつかないだろう。

『おじさん、なんだか僕と似たような能力を持っているね。仲良くしようよ』

「……黙れ化物。人の真似事をするなどおぞましい」

『ひっどいなあ。せっかくこっちから歩み寄っているっていうのに』

メリーヴァの見た目、喋り方は人そのものだ。

しかしだからこそムーングリムは強い不快感を覚えた。

人の皮を被る化物。これほどおぞましいものはない。

『……これほどの強者がいるということは、人類はまだ隆盛のようだな』

魔の者たちのリーダー格、マグルパが声を発する。

その声は、耳に入るたび背中に寒気を感じさせる。人外の力を持つ二人の大賢者もマグルパに対しては警戒を緩めなかった。

『人が栄えているのはよいことだ。人のいない世界では不幸を撒き散らすことはできないからな。しかし……強大な人間はいらない。家畜のように脆弱な人間を思う存分に嬲《なぶ》り、貶《おとし》め、辱める。そうして得た不幸で我らは幸福を享受する。貴様らのような強い人間の相手をするのは……それからでいい』

すっと冷たい目を大賢者の二人に向ける。

なにか来る。二人は警戒する。

マグルパは人差し指をメタルとムーングリムに向け、小さく呟く。

『人転移《テレポート》』

次の瞬間、メタルとムーングリムの足元に魔法陣が浮かぶ。

「「な……っ⁉」」

それを見た二人はなにをされたのかを察し、対処しようとするが、間に合わない。

マグルパの発動した術は起動し、一瞬にして二人の大賢者の姿は消えてしまう。

「え……？」

その光景を見た騎士と魔法使いたちは愕然《がくぜん》とする。

なにが起きたのか分からない。

分かるのはただ一つ。もう大賢者はこの戦場にいないということ。

それはすなわち大賢者の助力なしであの化物たちと戦わなければいけないということ。

彼らの脳裏に「敗北」の二文字がよぎる。それほどまでに大賢者二人がいなくなった損失は大きい。

『ふむ。やはり次元魔法は消耗が激しいな。これ以上は使えなさそうだが……邪魔者は消えた。お前たち、存分に暴れるといい』

マグルパの命を受け、魔の者たちは牙を剥き爪を光らせる。

『ガアアアアアッッ‼』

枷《かせ》が外れたように暴れ回る魔の者たち。

今までは大賢者の圧倒的な強さで抑え込まれていたが、その存在は今やいない。

残された騎士と魔法使いたちは必死に抗うが……戦力は圧倒的に足りていなかった。

「負傷者を運べ！　なんとしてもここで食い止めるんだ！」

学園から外に出てしまったらもう収集はつかなくなる。

魔の者たちは市民を襲い、喰《く》らい、更に力をつけてしまうだろう。

そうなれば王都にいる戦力だけで魔の者を倒すことは不可能になってしまう。それが分かっている騎士たちは全力で魔の者に立ち向かう。

「光の弾丸《ラ・バレル》！」

ゴーリィは光の弾丸を何発も放つが焼け石に水。魔の者の勢いは止《とど》まるところを知らない。

倒しても倒しても次々と湧いてくるその絶望的な光景を見て、ゴーリィの顔が曇る。

「ぜぇ……ぜぇ……歳は取りたくないものじゃな。もう魔力がほとんど残っとらん。若い頃であればまだまだ戦えたが……」

負傷者の治療も行っていた彼の魔力は風前の灯火《ともしび》だった。

杖をついていなければ立っているのもつらい状況だ。

「それにしてもあの会長《バカ》は、まだ出てこないつもりか？　このままでは本当に王都が滅んでしまうぞ」

エミリアは危機的状況に陥っても姿を見せなかった。

一体どんな狙いがあって姿を見せないのか。

「まあ奴がなにを考えているのかなぞ、昔から分からなかったがな。じゃが今回は状況が悪すぎる。

大賢者が二人もいなくなるという異常事態にもかかわらず姿を見せぬとは、一体なにを考えておる」

そう悪態をついていると大柄の魔の者、豪腕のバルバトスがゴーリィに迫ってくる。

一度メタルに吹き飛ばされたはずだが、その時の傷はすっかり塞がっていた。

『光の魔法使いがまだいたとはな。あの鉄兜に受けた屈辱、貴様で晴らさせてもらうぞ』

「こりゃまた頑丈《タフ》そうなのが来たの。なんとかなるといいが……」

ゴーリィはげんなりしながらも杖を構える。

相手は見るからに鈍足のパワータイプ。逃げようと思えば逃げ切ることはできるだろう。

しかしそうした場合、他にバルバトスの相手をできるような者はこの場にいなかった。

大賢者がいなくなった今、この場でもっとも魔の者と戦えるのはゴーリィなのだから。

『死ねッ！』

バルバトスが太い腕を振るって殴りかかってくる。

ゴーリィはその一撃を後ろに跳んで回避する。目標を失った拳は地面に激突し、大きなヒビを作る。

一撃でも食らえば命はない。ゴーリィは気を引き締める。

「光の鷹《ラ・ホウク》！」

杖を振るい、光の鷹を出現させる。

その鷹は翼でバルバトスの右肩部分を大きく切り裂く。

そして空中でUターンすると、今度は背後から腰の部分を切り裂く。

『ガア……!?』

苦しそうに顔を歪《ゆが》めるバルバトス。

やはり光魔法は有効だと思うゴーリィだったが、彼のつけた傷は立ち所に塞がってしまう。

『……やるじゃねえかジジィ。少しだけやばかったぞ』

「くっ。魔力が足りなかったか……！」

確かに光魔法は魔の者に効果が高い。

しかしもう魔力が尽きかけているゴーリィの魔法は、威力が落ちてしまっていた。もし彼が万全の状態であればバルバトスを今の一撃で倒すことができていただろう。

「無念じゃ……」

息を切らしながらその場に膝をつくゴーリィ。

すでに魔力だけでなく体力も限界を迎え、立ち上がることすらできなくなっていた。

『そう、そうだ。絶望の顔こそ貴様ら人間に相応《ふさわ》しい。なに、どうせもうすぐここらにいる人間は全員死ぬんだ。寂しくはないだろう』

「なん……じゃって……？」

『あっちも見てみな』

バルバトスが自らの後方を指差す。

そこにいたのは魔の者たちのリーダー格、マグルパ。

マグルパは魔の者たちが人間を圧倒しているのを見て満足気な顔をすると、突然体を変形させ始める。

ボコボコと体を膨らませ、どんどんその体積を増やしていく。

最終的に十メートル近い巨体に変貌したマグルパは背中に翼、臀部《でんぶ》に長い尾を生やす。

首は長くなり、手には鋭い爪。

その姿はまるで黒い『竜』のような姿だった。

「なんじゃあの姿は……!?」

『俺たちは五百年前、クソッタレな竜に煮え湯を飲まされた。空を飛び、口から吐息《ブレス》を吐くあいつの強さを、俺たちのリーダーは真似したんだ』

魔の者の強さはその再生力と変形能力にある。

一般個体は手足を増やすくらいしかできないが、上位の個体は他の生き物の特性を真似ることもできる。

最上位個体であるマグルパは、長い年月をかけることで竜の特性を模倣《コピー》することに成功したのだ。

それに加えてマグルパの固有能力である次元魔法の再現。二つの能力を手にしたマグルパは過去にこの地で暴れたどの魔の者よりも強かった。

『あいつは空から闇の魔力を込めた吐息《ブレス》を放つつもりだ』

「馬鹿な。そんなものを食らえば普通の人間は耐えられんぞ……！」

『ああ、素晴らしい地獄絵図になるだろう』

その光景を想像し、バルバトスは恍惚《こうこつ》の表情を浮かべる。

他者の不幸を至上の喜びとする闇の生き物にとって、それは天国とも呼べる光景なのだ。

「そんなこと、させるわけにはいかぬ……」

『ほう。まだ立てるか』

最後に残った気力を使い、ゴーリィはなんとか立ち上がる。

しかしその肉体が限界を迎えているのは誰の目にも明らかであった。

「来るなら来い。せめて貴様は道連れにするぞ……！」

『こいつ……!!』

バルバトスはその大きな拳を何度も振るう。しかしゴーリィはその攻撃を回避し続けていた。

軽く小突けばもう死んでしまいそうなほど弱っているはず、それなのにバルバトスは攻めあぐねていた。

（この目……まだ戦えるというのか!?）

ゴーリィは猛禽類《もうきんるい》のような鋭い眼光でバルバトスを睨みつけていた。

その『圧』にバルバトスは気圧《けお》されてしまった。

相手は老人、しかももう疲弊しきっている。そんな相手に恐れを抱いたことをバルバトスは恥じ、強い怒りを覚えた。

『許せぬ……断じて許せぬ！　血肉を裂き、五臓六腑《ろっぷ》を引き出し、苦痛の果てに殺してやるぞ！』

怒りに身を任せながらゴーリィに襲いかかるバルバトス。

ゴーリィにもう逃げる力は残っていない。

ここまでか。

諦め、生を手放す覚悟を決めるゴーリィ。

バルバトスの大きな手が、ゴーリィの体を引き裂く……そう思われた次の瞬間、戦場に強い閃光が走る。

「な、なんだ⁉」

『ウオオ！　マブシイ！』

人間も魔の者も例外なく目を覆いながら困惑する。

「いったいなにが……？」

光が収まりゴーリィは閉じていた目を開ける。

彼の目に最初に入ったのは、『竜』の姿だった。

美しい白い鱗を持つ、とても大きな竜。その姿にゴーリィは戦闘中だということを忘れ、一瞬見とれてしまう。

「なんと美しい……」

頭から尾の先まで竜を観察するゴーリィ。

そこで彼は竜の傍らに一人の人間がいることに気がつく。

彼もよく知る人物であった。

『なぜ。なぜ貴様がいる！　ライザクス！』

白竜の姿を見たバルバトスは、ゴーリィから白竜に目標を変え、襲いかかる。

その瞳は怒りに満ちている。どうやら深い因縁《いんねん》があるようだ。

一方白竜はバルバトスを一瞥《いちべつ》すると、興味なさげに『ふん』と鼻を鳴らす。
『五月蝿《うるさ》いのがいるな。丁度いい、我らの威光《ちから》を見せてやるとしよう』
その竜は少年になにかを耳打ちする。
それを聞いた少年は、驚いたような表情を浮かべた後、真剣な顔で頷く。
「はい、分かりました」
少年はそう言うと、自分の何倍もの大きさを持つバルバトスに向かって手をかざす。
『くたばれ白竜!』
四本ある太い腕を振り上げ、襲いかかるバルバトス。
それが振り下ろされるよりも速く、少年は魔法を唱える。
「光竜の吐息《ラド・ブロウ》」
放たれたのは全てを滅する竜の吐息。
黄金色の焔《ほむら》は、バルバトスの体を一瞬にして焼き尽くし灰へと変えたのだった。

◯用語事典Ⅷ

白竜伝説

空を舞う白磁の竜。
背に乗せるは白の英雄。声高らかに戦場を駆け抜けん。
手にするは双尾の槍、野を裂きて百年の戦を終わりへと導く。
その武勇、比肩するものなし。魔の者敵わず、ことごとく滅ぼされん。

日は昇り、落ちることなし。白銀の夜明け、太平を照らす。
白竜伝説の始まりである。

第三章　白竜は二度舞う

「まさかこんな状況になっているなんて……」

ライザクスさんとともに地上に出た僕は、凄惨な状況を見て愕然《がくぜん》とする。

暴れまわる魔の者と、傷つきながらも戦う人々。こんなにも侵攻するスピードが速いなんて。

地下でこいつらと戦った時は、魔法が使えなかったけど……今の僕には光の精霊ライザクスさんがいる。呪いの力に頼らなくても戦えるはずだ。

『カルスよ。先の魔法、見事であった。よくぞ練習なしで竜の魔法を成功させた』

「こちらこそ教えていただきありがとうございます。凄い力でした。心強いです」

まだ手に竜の魔法を放った時の力強い感覚が残っている。これなら大型の魔の者にも通用するはずだ。

『グ、ウウ……』

気がつくと魔の者が僕たちの周りに集まりつつあった。その目には強い憎しみが浮かんでいる。

きっとこいつらの目には僕がご先祖様に見えているんだろう。ライザクスさんも、見た目が似ていると言っていたし、忌み人であるという点も同じだ。間違えるのも納得だ。

『では他にも竜の魔法を何個か教えよう。本来であればちゃんと時間を取ってじっくりと教えたいが、そのような暇はない。あとは戦いの中で学ぶといい』

「はい！　分かりました！」

そう返事をすると、ライザクスさんは竜の魔法を教えてくれる。いきなり実戦で使うのは緊張するけど、躊躇《ためら》っている間にも犠牲者は増えていく。そんなことはさせない。

『行くのだカルスよ、我らの力を見せてやれ！』

「はい！」

僕は魔力を溜《た》めながら魔の者たちに向かって駆け出す。

すると奴らも一斉に僕に襲いかかってくる。僕は魔の者を引き寄せてから魔法を発動する。

「光竜の双爪《ラド・ツヴァウ・クロウ》！」

呪文を唱えると、両手の先に光り輝く巨大な竜の手が現れる。

僕が魔の者に向かって手を振るうと、竜の手も連動して動き、鋭く大きい爪で魔の者を次々と切り裂いていく。

「さっきの魔法もそうだけど、凄い威力だ……！」

『ははは、そうだろう。これぞ竜の力、精霊の姫にも劣りはせぬぞ』

上機嫌に言うライザクスさん。

ライザクスさんと放つ魔法の威力は、セレナのものより強い。

だけどその分たくさん魔力を使うし、繊細なコントロール力はセレナの方がずっと優れている。

大雑把な攻撃ならライザクスさんの方が強いけど、複数の魔法を操ったり人を治療するのはセレナの方が上手いと思う。

憑《つ》く精霊によって発動する魔法にこんなにも個性が出るんだ。

「さあ！　次は誰が来る！」

『グゲ、コイツ……！』

魔の者は竜の魔法に警戒しているみたいで、遅くなる。

その隙に僕のもとに一人の人物がやって来る。

「カルスさん。私は負傷者の手当をしてきます」

「分かった。よろしくねシシィ……じゃなかった、セシリアさん」

「ふふ。はい、任せてください」

目隠しをつけ、一人の少女から聖女へと戻ったセシリアさんは負傷者の治療をしに行った。

そっちは任せてしまって大丈夫だろう、僕は魔の者に集中しないと。そう思っていると、

「カルス！　無事じゃったか！」

「え！　師匠⁉」

意外な人物に声をかけられ、僕は驚く。

まさか師匠がここに来ているなんて思いもしなかった。

激しい戦闘のせいか師匠はかなり疲れている様子だった。服にはいくつも赤い染みが滲《にじ》んでいる。

きっとあちこち怪我をしているんだろう。

「おお良かった、本当に無事じゃったんだな……」

師匠は僕の体をペタペタと触って、無事を確かめると瞳に涙を浮かべる。

まさかそこまで心配をかけていたなんて……。

「ごめんなさい師匠。心配をおかけしました」

「よい、よいのだ。無事であるならな。話したいことはいくつもあるが……今はこの場をどうにかしてからにするとしよう」

「はい、そうですね」

そう答えると、師匠は僕の側にいるライザクスさんに目を向ける。

「ところでカルス。お主の側にいるその竜は仲間……と考えていいのか？」

「はい。心強い味方です！」

僕が肯定すると、ライザクスさんも『うむ。存分に我に頼るといい』と喋《しゃべ》る。

すると師匠はビクッと体を震わせ驚く。どうやら喋るとは思っていなかったみたいだ。

「上位の竜は言語を解すると聞いたことはあるが、これほど流暢《りゅうちょう》に喋れるとは思わなんだ。味方になってくださるとは頼もしい、どうぞよろしくお願いします」

『ああ、我に任せるとよい。カルスの師よ。かような蛆虫《うじむし》ども、我が全て屠《ほふ》ってくれよう』

ライザクスさんはギロリと魔の者を睨《にら》みつける。

するとその眼光に圧《お》され、魔の者たちの歩みが鈍る。

凄い。睨んだだけで動きを止めるなんて。それほどまでに魔の者にとってライザクスさんは脅威なんだ。

「よし、じゃあ早速……」

『いや待てカルスよ。なにかおかしい』

「へ？」

ライザクスさんは校舎の上の方を見ながら呟《つぶや》く。

いったいどうしたんだろう。

『建物の上の方から一際強い闇の魔力を感じる。ここにいる雑魚《ざこ》よりもずっと強い力だ。放っておけばマズいことになるだろう』

「……そうじゃった。奴らの親玉がまだ残っておった」

ライザクスさんの言葉に、師匠が反応する。

確かに言われてみれば上の方から嫌な雰囲気を感じる。

『カルス。お主の魔力にも限界はある。ここで浪費するべきではないだろう』

「そんな！　でもこいつらを倒さないとみんなが！」

ここにはたくさんの人間がいる、彼らを見捨てるなんてことできるはずがない。

一体どうすればいいんだ。悩んでいると二の足を踏んでいた魔の者たちがジリジリと僕のもとに近づいてくる。

「こいつら……！」

魔の者たちの口元が緩み始める。

僕が攻めあぐねているのを見て、自分たちへの攻撃ができなくなったのを察したんだ。今はまだ警戒しているけど……それも時間の問題。このまま手をこまねいていたら雪崩《なだれ》のように一気に攻めてくるだろう。

「どうすればいいんだ……！」

せっかく地上に戻れたのに、どうすることもできないのだろうか。

なにか、なにかこの状況を打破できるものを探すんだ。

『アルス、コロス！』

堰《せき》を切ったように魔の者たちが襲いかかってくる。

しょうがない、ここは戦うしかない。

覚悟を決めて魔法を使おうとしたその瞬間、少し離れた所で大きな爆発が起きる。

「え⁉」

驚きそっちに目を移すと、一人の人物がこちらに向かって走ってきていた。

手に光り輝く剣を持ったその人は、魔の者を次々と切り裂きながら駆ける。あの光はもしかして光魔法？

僕と師匠、それにセシリアさん以外に光の魔法使いがいたの⁉　少なくとも魔法学園の生徒にはいなかったはずだけど。

「はあああああっ‼」

光魔法を使う剣士は、目の前に立ちはだかった大きな魔の者を一刀両断すると、大きく跳躍し僕のもとに着地する。

その人の顔を見た僕は……驚愕《きょうがく》した。

「やあっと帰ってきたわね。心配したんだから」

「ク、クリス⁉」

現れた彼女の名前を呼ぶと、クリスは嬉《うれ》しそうに「ひひっ」と笑みを浮かべた。

「どうしてクリスが⁉　それにその魔法は……」

「話は後！　ここは任せなさい！」

クリスはそう言うと剣を構え、魔法を発動する。

「光の武器《ラ・アルム》！」

光の粒子が、クリスの剣を包み込む。

間違いない。これは光魔法だ。クリスは炎魔法しか使えなかったはずなのになんで⁉

「さあ行くわよ！　ちゃんとついてきてねセレナ！」

クリスがそう言うと、彼女の側にセレナがすうっと出現する。

う、うそ。なんでセレナがクリスと一緒にいるの⁉

困惑する僕を置いて、二人は魔の者の群れに突っ込んでいってしまうのだった。

◆　◆　◆

――――時は少し遡り、時計塔内部。

精霊の姿を現す魔道具の効果により、セレナはそこにいた生徒たちの前に姿を現した。

数秒の沈黙の後、生徒の中で最年長者であるサリアが彼女に話しかける。

「久しぶりだね、光の姫君。どうやら私の予想は当たっていたみたいだ」

「ええ、さすがね。こっちについてきて正解だったわ」

カルスと別れてしまったセレナは、生徒と教員、どちらについていくか悩んだ。

教員の方がカルスと再会できる可能性は高そうに思えたが……セレナは時計塔に向かう生徒たちについていくことを選んだ。

時計塔には精霊の姿を見えるようにする魔道具がある。カルスがいない今、自分の言葉を伝えるにはそれを使うしか道がないからだ。

「それにしても本当に精霊と別れてしまっているとはねえ。後輩くんは大丈夫だろうか」

「カルスなら平気よ。大丈夫」

「ほう。分かるのかい？」

サリアの問いにセレナは頷《うなず》く。

「一度憑いた精霊と人との間には『絆《きずな》』が生まれる。これは私だけじゃなくて他の精霊にも言えるわ。どこにいるかまでは分からないけど、カルスの魔力がまだ生きているのは分かる。カルスは生きている、そして絶対にここに戻ってくるわ」

セレナがそう断言すると、サリアやジャック、ヴォルガは「そうだな」というように頷く。

そして今まで黙っていたクリスが立ち上がり、セレナに近づく。

「……セレナさん。お願いがあるの」

「お願い？　なにかしら？」

セレナとクリス。二人が話すのはこれが初めてだった。

セレナは子供の頃のクリスを見ているため、彼女を知っている期間は長いが、クリスはそうではない。

しかも人間ではなく相手は精霊。まだ距離を摑《つか》みそこねているところはあるが、それでも彼女に頼みたいことがあった。

「お願い。貴方《あなた》の力を貸してほしいの」

「……それは『光魔法』の力を、ということでいいかしら？」

セレナが尋ねると、クリスはこくりと首を縦に振る。

「パートナーじゃない人に魔法を使わせることが、精霊にとって嫌なことだというのは分かっている。私は軽蔑されても構わない、それでも……カルスのために今だけ力を貸して！」

クリスはそう言って頭を下げる。

今の自分じゃ魔の者の軍勢に歯が立たないのは、遺跡での戦いで痛いほど分かっていた。その実力の差は気合いで埋められるものではない。

しかし光魔法が使えるのならば話は別。

カルスの魔法を見て、自分ならどう戦いに使うか考えたことが、クリスにはあった。その想像《イメージ》を実現できるのならば……魔の者に対抗できるかもしれない。

セレナは必死に頼み込んでくるクリスを見て、返事を決める。

「精霊にとって相棒《パートナー》は簡単に変えられるものじゃない。好きでもない人間に尻尾を振ることはできない」

「……っ」

頭を下げながら、つらそうに顔を歪《ゆが》めるクリス。

そんな彼女の肩に、セレナは手を乗せる。

「でも貴女は別。カルスにとって大事な人は、私にとっても大事な人よ」

「……え？」

驚きながら顔を上げるクリスに、セレナは優しく微笑む。

「ええ。私の力、貴女に預けるわ」

「……ありがとう、セレナさん」

瞳をうるませながら感謝の言葉を述べるクリスに、セレナは「呼び捨てでいいわ。私たちはもう相棒《パートナー》でしょ？」と言う。

「ええ、そうね。行きましょうセレナ。私たちの力を見せてやるのよ」

「言っておくけど魔法の出力は手加減しないわよ。しっかりついてきなさい」

「上等！」

こうしてでき上がった即席のコンビは、戦場へと躍り出た。

◇　◇　◇

「はあああああっ‼」

雄叫《おたけ》びを上げながら、クリスは戦場を駆け抜ける。

右手に握るは父から譲り受けた名剣『ルビーローズ』。その刀身には光の力が宿っており、魔の者の体を容易く両断する力が備わっている。

『コロセ！　コロセ！』

魔の者たちは光の力に本能的に憎しみを持っている。

それを操るクリスに殺到し、彼女を亡き者にしようとその牙や爪を向けてくる。

「うっとうしい……のよ！」

そんな魔の者をクリスはバッサバッサと切り倒していく。

慣れぬ光魔法を操りながら凄《すさ》まじい活躍を見せるクリスの姿に、カルスやゴーリィは驚く。

「凄い！」

「なんという魔法の才。剣士をやらせておくには惜しいのう」

光魔法の扱いは他の魔法と比べて扱いが難しいとされている。

覚えたてで実戦に使うなど普通ではありえない。魔法とは何度も使用し、時間をかけて精霊と絆を結ばないと充分な威力を発揮しないからだ。

それなのになぜクリスは光魔法をここまで使えるか。それはセレナと目的が一致しているからに他ならない。

カルスを助けたい、力になりたい。

その想いが一致しているからこそ、二人の息は合っている。

この戦いが終わり、一致した目的がなくなれば今のように魔法を使うことはできなくなるだろう。

ただこの瞬間だけは、二人はまるで熟練のコンビのように魔法を使うことができた。

「さすがに数が多いわね！　だったら……この剣を使わせてもらうわよ！」

クリスは戦場に落ちていた一本の剣を拾う。

おそらく戦線を離脱した騎士が使っていた、ごく標準的な両刃剣《ブロードソード》。クリスはそれを左手で握り、二本の剣を構える。

「炎の《フ・アルム》！」

そして彼女は左手に持った剣に炎をまとわせる。

左手に炎の剣、右手に光の剣。彼女は二つの魔法を同時に使用してみせたのだ。

二種類の魔法を同時に使用するのは高等技術だ。以前ジャックがやってはいたが、それは何度も練習した成果であり、ぶっつけ本番で成功するものではない。

しかし彼女はそれを成功させた。

大切な人を守りたい。その想いだけで超えられないであろう限界《かべ》を超えてみせたのだ。

「体に力が溢《あふ》れる……負ける気がしない」

武器に宿った魔法の力は、握る手から体にも流れてくる。

二つの属性による強化を得たクリスの肉体はかつてないほど強化されていた。

二本の剣を軽やかに振るい、クリスは次から次に魔の者を斬り伏せていく。

その強さ、一騎当千。最初は女子《おなご》と侮っていた魔の者の、次第に彼女の強さに恐れを抱いていく。

『カ、カコメ！　カコンデツブセ！』

魔の者たちは数の力でクリスを圧倒しようとする。

いくら強くても彼女の腕は二本しかない。対処できる数は限られている。四方八方から襲いかかる魔の者に対処はできないと思われた。しかし、

「輝炎二刀流、白火流刃ノ舞《はっかりゅうじん》」

迫りくるいくつもの攻撃を、クリスはまるで舞うように回避する。

そして攻撃の隙間を縫うように必殺の斬撃を繰り出し、次々と魔の者の体を両断していく。

攻撃範囲に優れる炎の剣で攻撃を防ぎ、退魔の力を持つ光の剣でトドメを刺す。考えて行動しているわけではない、戦士としての経験と本能からクリスは自然と属性を使い分け戦っていた。

「これで……ラストッ！」

『ヒ……ッ⁉』

二本の剣を交差させながら振り、十字に魔の者を切り裂くクリス。

時間にして十分にも満たない間に、彼女の周りにいた魔の者は全てその剣で斬り伏せられてしまうのだった。

◆　◆　◆

それはあっという間の出来事だった。

セレナの力を借り、光魔法を使えるようになったクリスは、二つの属性の力を操り魔の者を瞬く間に倒してしまった。

だけどそれはかなりの力を消耗してしまったみたいで、戦いが終わった瞬間、クリスはその場に膝をついてしまう。

「クリス！　大丈夫⁉」

慌てて僕は彼女のもとに駆け寄る。

凄い汗だ。あれだけ動き回りながら魔法を二つ同時使用してたんだ、その疲労は計り知れない。

「今回復するね。光の治《ラ・ヒー》……」

「ちょっと……待ちなさい」

急いで回復魔法をかけようとするけど、クリスがそれを止める。

「やることが……あるんでしょ？　私なら大丈夫。魔力はとっておきなさい」

「でも……」

「なに？　私が信じられないの？　それにほら、あいつらも来たみたいよ」

クリスの指差す方を見てみると、そこには魔の者と戦うヴォルガとジャックの姿があった。二人も学園に残ってたんだ！

「だいぶあいつらの数も減ったし、ここはもう大丈夫。カルスは安心して行きなさい。今度は私がその背中を守ってみせるから」

「クリス……」

クリスの瞳がまっすぐ僕を捉える。

その決意は固いみたいだ。

「……分かった。背中は任せる」

「ええ、任されたわ。それじゃあ彼女ともここでお別れね」

クリスがそう言うと、セレナがすうっと姿を現す。

「ここまで力を貸してくれてありがとうセレナ。カルスをお願いね」

「ええ。短い間だったけど楽しかったわ」

セレナの声は届いてないはずだけど、クリスはセレナの声に反応するように笑ってみせた。

「行きなさい二人とも！　ここは私が絶対に守り通す！」

僕は最後に離れた所にいる師匠に目配せし、「いってきます」と頷いた後、セレナとともに校舎の方に走り出すのだった。

◇　◇　◇

クリスたちに魔の者を任せた僕は、ひたすらに走る。

目指すは校舎の屋上。そこに魔の者の親玉がいるらしい。

放って置いたらなにをするか分からない。早く倒さないと！

「……ところでこの竜は誰なの？　なんでカルスと一緒にいるわけ？」

「こ、これには深いわけがあって」

不機嫌そうに尋ねてくるセレナにライザクスさんのことを説明する。

「……ふうん。そんなことがあったんだ。ライザクスさん、だったかしら？　カルスを助けてくれたことには礼を言うわ、ありがとう。でもカルスの相棒《パートナー》は私なの。言いたいこと、分かるわよね？」

凄みを利かせながらセレナは言う。

そんな挑発するようなこと言って大丈夫？　とハラハラする僕。

するとライザクスさんはセレナを見て、おかしそうに笑った。

『くく、そんなに警戒せんでもお主の相棒を取ったりしないから安心するといい』

「……まあそれならいいけど」

唇を尖《とが》らせながらも、セレナは納得してくれた。

ふう、なんとか丸く収まってくれてよかった。

そう思いながら走っていると、唐突に強い殺気のようなものを感じる。

「……!?」

咄嗟《とっさ》に横に跳ぶと、僕がいた所を弾丸のような物が通り過ぎる。

危ない、もう少し反応が遅れていたら確実に当たっていただろう。

いったい誰が撃ったのだと後ろを見てみると、そこにはまるで普通の少年のような顔をした魔の者がいた。

『……ずいぶんと勘がいいね。当てる自信はあったんだけど』

なぜ顔が少年のものに魔の者だと分かったのかというと、それの背中から気持ち悪い触手が何本も生えていたからだ。

それの先端には穴が空いている。あそこから弾を撃ったと見て間違いなさそうだ。

『僕は植樹のメリーヴァ。長い時をかけ進化した特別な魔の者さ。君が倒したデカいのも一応僕と同じ特別な魔の者なんだけど、あいつは僕たち三人の中でも最弱な上に頭も悪い。あれと僕を同じだと思わないほうがいいよ』

メリーヴァと名乗った魔の者の体から放たれる魔力はかなり強く、禍々《まがまが》しい。

確かにあのデカい魔の者よりも強そうだ。とてもじゃないけど逃げ切ることは不可能だろう。

「くっ、戦うしかなさそうだね……」

『五百年前の恨み、ここで晴らしてやるよ！』

メリーヴァは背中から生えた三本の触手の先端から、弾丸のような物を撃ち出す。

回避しなきゃと足を動かそうとした瞬間、突然足がなにかに摑まれた。

「え!?」

足元を見ると、なんと地面から生えた触手が僕の足首に巻きついていた。

喋っている間に僕のもとへ触手を伸ばしていたんだ。これじゃあ回避できない！

触手を斬っていたらその間に弾丸が当たってしまう。ここは防御するしかない。「光の防壁《ラ・オルド》」を使って防御しようとしたその瞬間、聞き覚えのある声が聞こえてくる。

「うん、干渉するとしたらここだね」

すると突然「ぞる」という不快な音とともに放たれた弾丸が空中で消失する。

この不快な音と声は……まさか。

「危ないところだったねえ。親切な私に感謝するといい」

「貴方はエミリア……さん」

「ふふふ。名前を覚えていてくれているとは嬉しいよ」

薄笑いを浮かべながら僕の前に現れたのは、魔術協会の長エミリアだった。

この人のことを忘れるわけがない。だってこの人のせいで師匠は賢者の名を剝奪されたんだから。

「一体なにが狙いですか。なんで僕を助けるような真似を？」

「おやおや、ずいぶん嫌われてしまったものだ。純粋な善意とは思わないのかい？」

「ええ、思いません」

そう即答すると、彼は「ぶふっ」と楽しそうに吹き出す。

本当になにしに来たんだこの人は……？

「まあ私にも人並みに考えていることはある。だけどそんなこと気にしている暇はあるのかい？あれの相手を私がしてあげると言っているのに。たとえ私に企みがあったとしても、ここは乗るべきじゃないのかい？」

「……」

嫌だけどこの人の言っていることはもっともだ。

今は一秒でも時間が惜しい状況だ。この魔の者をこの人に押しつけるのが最善の策に思える。

「……分かりました。貴方のことは信用できませんが、ここはお願いします」

「それでいい。ほら、あんな端役は私に任せてさっさと行くといい」

シッシと手を振るエミリアさん。

本当にこの人はなにを考えているんだろう。

だけど今はそんなことを気にしている暇はない。急いで走り出そうとしたその時、地面からたくさんの触手が僕を取り囲むように生えてきた。

『僕を無視しないでよね！』

触手は僕に巻き付こうと襲いかかってくる。

こんなものに巻きつかれたら骨が折れてしまうだろう。急いで魔法を使おうとするけど、それより早くあの人が動いた。

「――五剣《ごけん》の一。雷斬《らいきり》」

そうエミリアさんが唱えた瞬間、いくつもの閃光《せんこう》が走り、触手がバラバラに切断されてしまう。

なにかしらの魔術だとは思うけど、なにが起きたのか全く分からない。

この人はやっぱり危険だ。

「さ、行くといい。君が成すべきことを成すんだ」

「……はい」

後ろ髪を引かれながらも、僕はその場を後にするのだった。

◆　◆　◆

「ふふ。これなら間に合いそうだねえ」

走り去るカルスの背中を見ながら、エミリアは一人呟く。

その表情は満足げであった。

『……誰だか知らないけど、よくも邪魔してくれたね』

魔の者の一体、植樹のメリーヴァがエミリアに近づく。

その体からはいくつもの太い触手が生えその先端をエミリアに向けている。表情にこそ出していないがかなり怒っているようだ。

「おや、まだいたのかい。君の出番はもう終わっている。どこへなりとも行ってもらって構わないよ」

興味なさげに「ふあ」とあくびをするエミリア。

そんな彼を見てメリーヴァの怒りは頂点に達する。

『舐《な》め、やがって……』

人間は自分たちの餌。そのはずなのに、今自分は人間から相手にすらされていない。その事実にメリーヴァの神経は激しく逆撫《さかな》でられた。

『殺してやるよ！　人間！』

メリーヴァは触手をエミリアめがけ伸ばす。

一本一本が凄まじい力を持つ触手。巻きつかれただけで全身の骨が折れてしまうだろう。

しかしそんな危機的状況にあってもエミリアは一切慌てた様子はなかった。

「人間扱いされるなんていつぶりだろうねえ。懐かしい気持ちになったよ」

エミリアは不敵に笑うと、右手をパチリと鳴らす。

するとエミリアの前に強固な障壁が生まれ、触手を全て止めてしまう。

「不和の壁《アンチ・バリアー》。この壁が君と私の心の距離だ。永遠に交わることはない」

『なにを訳の分からないことを！』

メリーヴァは触手の先端から弾丸を撃ち出し攻撃するが、エミリアの張った障壁に傷一つつけることはできなかった。

メリーヴァの放つ弾丸『芽殖胞種《がしょくほうしゅ》』は、相手の肉体に突き刺さるとそこから栄養を吸い取り触手が生えてくる恐ろしい技だ。

しかし当たらなければ普通の弾丸と威力はそう変わらない。数を撃ったところでエミリアの障壁はビクともしない。

「……どうやらそれ以上の技はないみたいだね。魔の者に会えると楽しみにしていたけど、期待外れだ」

エミリアは興味の失せた表情をしながら、右手をメリーヴァに向ける。

その手から感じるおぞましい魔力にメリーヴァは逃走しようとするが、逃げるには少し遅すぎた。

「消失する手《クリア・ハンド》」

不可視の手はメリーヴァの首から下を一瞬で消失させてしまう。

残った彼の頭部はべちゃりと地面に落下する。

『ばか、な……』

憎々しげに顔を歪ませるメリーヴァ。

そこにもうあどけない少年の顔はなかった。全てを憎む、魔の者本来の表情。

『許さない、絶対に許さないぞ人間』

何度も呪詛《じゅそ》の言葉を吐くメリーヴァ。

エミリアはそんな彼に近づくと、興味なさそうな顔をしたままメリーヴァの頭部を踏み潰す。

「端役はとっとと舞台から降りるんだね」

数度メリーヴァの残骸をぐりぐりと踏みにじったエミリアは、校舎の屋上に目を移す。

そこでは既にカルスと魔の者の親玉マグルパが激突している。

「さて、メインステージを観賞しに行くとしようか。楽しみだよ君の返事を聞くのが、ね」

エミリアは気味の悪い笑みを貼り付けながら、屋上へと向かうのだった。

◆
◆
◆

「ふう、着いた……！」

エミリアさんに魔の者を任せた僕は校舎まで来ていた。

この上に魔の者の親玉がいるんだ。

「確かに嫌な魔力を上から感じる。他の魔の者とは大違いだ」

闇の魔力に当てられてか、僕の左胸がじくじくと痛む。

早くなんとかしないと大変なことになりそうだ。僕は校舎の中に入ろうとするが、それをライザクスさんが止める。

『待て。中から上がっていたら遅くなる』

「え、でも他にどうすればいいんですか？」

『くく。お主には我がついているではないか』

ライザクスさんがそう言って笑うと、突然彼の体が光り始める。

そして次の瞬間、今まで半透明だったライザクスさんの体がまるで実体を持ったように透けなくなった。

どうなっているんだろうと思って手を伸ばすと、なんと僕の手はライザクスさんに触れることができた。精霊は触れないはずなのに……なんで⁉

『高位の精霊は一時的にその姿を実体化させることができる。もちろん長時間は難しいがな』

「す、すごい。そんなことができるんだ」

驚きながらライザクスさんの鱗《うろこ》を触っていると、セレナも驚いたように声を発する。

「ちょっと！　そんなことができるなんて私知らないんだけど⁉」

『案ずるな光の姫よ。コツさえ摑めばお主にもこれくらいはできる。この戦いが終わったらいくらでも教えてやろう』

「本当に⁉　約束だからね！」

セレナは嬉しそうに言う。

ライザクスさんは高位の精霊ができることを色々知っている。今まで自分以外の高位の精霊に会ったことがないセレナにはいい刺激になるだろうね。

『カルスよ。我が背に乗るといい。かつての我が友と同じように、空を駆け、奴らを滅してやろうではないか』

「はい！　よろしくお願いします！」

体を低くし、乗りやすくしてくれるライザクスさん。

僕はその肩に足をかけ、背中に乗る。その体はほんのりと温かい、本当に生きているみたいだ。

『それではゆくぞ。しっかりと摑まっておれ』

「はい！」

ライザクスさんは大きな翼をはためかせ、宙に浮く。

そして大きく翼を動かすと一瞬にして上昇し、校舎の屋上までたどり着いてしまう。

こんな大きな体なのにその動きは軽やかだ。まるで重力から解き放たれているみたいだ。

この飛行能力に強力な吐息《ブレス》、竜が最強の生物だと言われているのもよく分かる。

「えっと……いた！」

屋上の更に上空、そこに魔の者の親玉はいた。

その姿はまるで漆黒の竜。大きな翼をはためかせて飛んでいた。

それを見たライザクスさんは「ちっ」と不機嫌そうに舌打ちをする。

『奴め。生意気にも我の姿を真似おったな。竜の姿を騙《かた》るとはなんと愚かな……』

静かに怒りを燃やすライザクスさん。

竜の自尊心《プライド》に傷がついてしまったみたいだ。

「ライザクスさん。あれはなにをしようとしているか分かる？」

『口元に大きな魔力を感じる。どうやら吐息《ブレス》を真似しようとしているみたいだな。闇の魔力が込められた吐息《ブレス》、あのようなものが街に放たれれば大変なことになるだろうな』

「なんてことを……急いで止めよう！」

『承知した！』

ライザクスさんは翼を勢いよく動かし、急加速する。

すると一瞬で竜の形をした魔の者に接近してしまう。こちらに気がついた相手は、ライザクスさんを見て驚いたような顔をする。

無理もない。五百年前に自分たちを倒した白竜が再び姿を見せたんだから。

『な……っ⁉』

『竜を騙る愚物よ。再び我が光で滅してくれよう』

ライザクスさんは口に光を溜め、放つ。

超高密度に圧縮された光の奔流は、黒竜の体に命中し、その偽物の鱗を焼き払う。

『ガアアアアァッ⁉』

ライザクスさんの光の吐息《ブレス》を食らった魔の者は、大きな叫び声を上げなら校舎の屋上に落下した。

至近距離であんな攻撃を受けたんだ、そのダメージは計り知れない。

『油断するなカルスよ。奴はまだ生きている』

「え⁉　あれだけの攻撃を受けたのに？」

『ああ……どうやら地下でたらふく力を溜めていたようだ。厄介な』

ライザクスさんも黒竜を追い、校舎の屋上に着陸する。

すると黒竜も体を起こしてこちらを睨みつけてくる。その体にはまだ焼けた跡があるけど、どんどん傷が塞がり回復していっている。凄い生命力だ。

『忌々しい白竜にその主《あるじ》アルス……まさか生きていたとはな。想定外だが、まあいい。このマグルパが貴様らをここで殺し、闇の時代の幕を開けてやろう』

『ふん、黒虫風情が舐めたことをいう。地の底で分相応に這《は》いずっていればよかったものを。我が光が恋しくて出てきたのか？』

『きさ、ま……‼』

マグルパと名乗った魔の者は、その顔を怒りで歪ませる。

ライザクスさんもそんな煽《あお》るようなことを言わなくてもいいのに。

『カルスよ。我が実体化できる時間は少ない。お主も魔法で援護してくれると助かる』

「うん。セレナもお願いね」

「任せなさい。私たちの光魔法でやっつけてあげましょう！」

僕はしっかりとライザクスさんの背に乗りながら、マグルパを見る。

竜に乗りながら魔法を使うなんてもちろん初めての経験だ。少し不安だけど……やるしかない。

『一度私たちを倒せたからと調子に乗っていないか？　確かにあの時は遅れを取ったが……今は状況が違う』

マグルパはそう言って恐ろしい笑みを浮かべると、翼を広げて空を舞う。

その体勢から攻撃してくるのかと思ったら……なんと僕たちから逃げるように別の方向へ飛んでいってしまう。

『む？　逃げたか？』

「いや違う！　あっちには街がある！」

『なんだと⁉』

マグルパのやろうとしていることに気が付き、ライザクスさんは高速でその後を追う。

『ぐ……あやつめ！』

カルスたちの視線の先で、マグルパは吐息《ブレス》を街に向けて吐こうとしていた。恐らく王都を滅ぼすほどの力は溜め込んでいないと思う。それでも何十人、下手したら何百人の人が犠牲になるかもしれない。

「ライザクスさん！」

『分かっておる！』

ライザクスさんは高速で街とマグルパの間に入り込む。

するとその直後、マグルパはどす黒い吐息《ブレス》を吐いた。

『舐めるなよ！』

ライザクスさんが手をかざすと、光の障壁《バリア》が出現する。その障壁《バリア》は闇の吐息《ブレス》を全て受け止め、街を守りきることに成功する。あ、危なかった……。

「な、なんだあの竜は！」

「二頭もいるぞ!!」

僕たちの姿を見た街の人たちが騒ぎ始める。

空で竜が暴れていれば気づくのも無理はない。逃げてくれればいいけど、物珍しさに近づいてきてしまう人もいるだろう。

攻撃は一発も下に落としちゃいけない。

『……よく私の吐息《ブレス》を防いだものだ、褒めてやろう』

マグルパは嘲るように言うと、口を大きく開ける。そして上空に向かって巨大な吐息《ブレス》を吐いた。

その吐息《ブレス》は空中で分裂し、地上へと降り注いでいく。その数は優に百を超える。あれが全部落ちれば何人犠牲になるか分からない！

『ははは！　さあ早く行かないと人間を守りきれんぞ！　もっとも私はその隙に人間どもを蹂躙《じゅうりん》す

るがな！』

　高笑いするマグルパ。

　確かに絶望的な状況だ。街を守ろうとすればマグルパが自由に動き、マグルパを攻撃すれば無数の吐息《ブレス》が街を襲う。

　だけど僕たちは絶望しなかった。

『カルス、そして光の姫君よ。やれるな？』

　首を回転させ尋ねてくるライザクスさん。

　僕とセレナはその言葉に即答する。

「任せてください！」

「当たり前よ、誰に言っているのかしら？」

　僕たちの返事に満足したのか、ライザクスさんはニィ、と笑みを浮かべながら頷きマグルパの方を再び見る。

　そして大きな翼をはばたかせ、高速でマグルパに接近し始める。

『馬鹿な⁉　人間がどうなってもいいのか？』

『馬鹿はそっちだ黒虫め。見せてやるといいカルス、お主ら人の力を』

　五百年前、ご先祖様がどうやって戦っていたのかを僕は知らない。

　でもその時もきっと、今と同じように力を合わせて、足りないところを補い合っていたんだと思う。

「カルス、いつでもいけるわよ」

「うん。よろしくねセレナ」

ライザクスさんの背中に跨《また》がりながら、僕はセレナと心を通わせる。

空を飛びながらなので音も風も凄いけど、全てを忘れて集中する。練習で何回もやってんだ、その通りにやれば大丈夫。集中、集中するんだ。

「――――大いなる光の護壁よ」

詠唱を続けている間に、ライザクスさんはマグルパのもとにたどり着く。

吐息《ブレス》を続けて使用したためか、マグルパの力は低下しているように見えた。ライザクスさんはその隙を見逃さない。

『我らを見くびったな黒虫。その慢心のせいで貴様らはまた滅びるのだ』

『こ、この白蜥蜴《とかげ》がァ！』

マグルパは思い切りライザクスさんを殴り飛ばそうとするが、その一撃は簡単に受け止められ、逆の手でライザクスさんはマグルパを思い切り殴る。

『があッ!?』

その一撃をもろに食らったマグルパは吹き飛び、学園の敷地内に落下する。あそこなら一般市民に被害が出ることはなさそうだね。

「――――魔を退け、光溢れる世界を齎《もたら》し給え」

詠唱を続け、上位魔法の準備をする。

それは今の僕が使える最大規模の防御呪文。

もし上手くきまらなければ、王都に住む人たちが何人犠牲になるか分からない。体に眠る魔力を全て使い切るつもりでやるんだ。

「『大いなる光の護壁《ラァズ・ライ・ウォルド》!!』」

現れたのは王都全域を包み込む、巨大な守護防壁。

僕の全てを込めたその壁は、降り注ぐ闇の吐息《ブレス》を防ぎ切ったのだった。

◆　◆　◆

カルスたちが王都上空で戦っている時、王都は混乱に包まれていた。

「逃げろ！　巻き込まれるぞ！」

「こんな時に騎士団はなにやっているんだ!?」

王都から逃げ出す者。

家に閉じこもる者。

もう終わりだと騒ぎ立てる者。

反応は人それぞれであった。

そんな中である王都市民は、空に向かって祈っていた。

「ありがたや、ありがたや……」

紫の衣服に身を包んだ祖母は地面に正座し、手を合わせひたすらに祈りを捧《ささ》げる。その姿を見た孫娘は、祖母に話しかける。

「ちょっとおばあちゃんなにしてるの⁉　早く逃げないと！」

孫娘は老婆の体を揺すりながら言う。

二人は今日買い物をしていた。その最中に二頭の竜が姿を現し戦闘を始めたのだ。

最初はあっけにとられた孫娘だが、すぐに正気に戻り家に帰ろうとした。しかしともに来ていた祖母が、突然座り込んでしまったのだ。

最初は腰が抜けて立てなくなったのかと思ったが、違った。

祖母は手を合わせ空を舞う竜に祈りを捧げ始めたのだ。

「うーごーいーてー！　ここにいたら危ないってば！」

孫娘は無理やり祖母を動かそうとする。

すると祖母はカッと目を開けて大きな声で、

「ばあっかもん！　白竜様が戦ってくださっているのに自分だけ助かろうというのか！　この罰当たりめ！」

「なに言ってるのおばあちゃん！　あれはただの竜だよ！」

「いんや、あれは白竜様じゃ！　白竜様が再び私たちを救うために顕現してくださったんじゃ！」

「白竜っておとぎ話に出てくるあれ？　そんなのいるわけないじゃん！」

「なにを言っておるか！　白竜様を実際に見たことがあると私のひいひいひいひいお祖母様《ばあ》の日記に書かれておったのじゃぞ！」

「そんな昔の話信じられるわけないじゃない！」

遂にボケてしまったのかと心配する孫娘。

しかし祈りを捧げているのは彼女の祖母一人だけではなかった。信心深い王都市民は老婆と同じように空へ祈りを捧げていた。

「白竜様、どうか我らをお救いくださいい……」

そう祈りが捧げられる中、黒竜の姿をした魔の者、マグルパは体を起こす。

勢いよく地面に叩《たた》きつけられダメージは負ったが、まだ動ける。魔の者の生命力は伊達《だて》ではなかった。

『おのれ白竜……！』

遠くに飛翔《ひしょう》している白竜を睨むマグルパ。

憎しみと殺意が止めどなく湧き出てその身を焦がす。しかしマグルパはその衝動に飲み込まれなかった。

『覚えていろ。必ず殺してやるぞ』

なんとマグルパは白竜に背を向けると、逃げるように飛び始める。

魔の者が獲物から背を向けるなどありえない行為だ。どれだけ自分が不利な状況にあっても衝動のままに暴れまわるのが魔の者の本質だからだ。

しかし五百年もの間、地の底に眠っていた彼は『我慢』を覚えてしまった。それは進化に他ならない。

また逃してしまえば、今度は更に力を得て戻ってくることだろう。

白竜ライザクスは逃げるマグルパを見て危機感を覚える。

『厄介なことになったな。奴は逃げることに集中するだろう、ここで完全に消滅させなければ』

ライザクスは翼を勢いよく動かし、マグルパを追う。

そうしながら背中に乗っているカルスに話しかける。

『カルスよ。我が顕現していられる時間も残り少ない。最後の一撃に我の力を貸す、その力を以て奴を滅するのだ』

「それは分かったけど……力を使い果たしてライザクスさんは大丈夫なんですか?」

『案ずるな、力を使い果たしても消えるわけではない。少し眠りにつくだけだ』

「……分かりました。必ず成功させます」

カルスは覚悟を決める。

もし自分がしくじり、マグルパを逃してしまえば、後々多くの人が犠牲になってしまうだろう。

必然プレッシャーも大きい。

「大丈夫よカルス。私も最大限サポートするわ」

「うん、ありがとうセレナ」

カルスは頼りになる相棒に礼を言うと、深呼吸する。

決める、必ず。彼は覚悟を決めた。

『やるのだカルスよ！　我が名を叫び、お主の体に眠る槍を顕現させるのだ！』

ライザクスの体が一層光を増し、その光がカルスの中に流れ込んでくる。

その強大な力をしっかりと受け止めたカルスは、かつて彼の先祖がそうしたように右手を空に掲げ、その魔法を発動する。

「光の竜槍《ライザクス》!!」

巨大な閃光が迸《ほとばし》り、収束し、巨大な光の槍となる。

まるで雷を掴み、そのまま武器としたような見た目をしている。これこそが五百年前の大戦を終息へと導いた伝説の魔法。その威容を見た王都市民はそれに目を奪われてしまう。

「ありがたや、ありがたや……」

「きれい……」

祖母を連れて帰ろうと躍起になっていた孫娘でさえも、その姿に見とれ呆然《ぼうぜん》と立ち尽くしていた。

『あ、あれは……!』

その槍の姿を見たマグルパは絶望の表情を浮かべる。

かつて同胞を焼き尽くしたその槍のことを思い出す。いくら時が経ったとしてもその時の恐怖を忘れることはできなかった。

カルスはそんなマグルパめがけ、槍を構える。その表情に迷いはもう一切なかった。

『……本当にお前と一緒に戦っているようだ、アルス』

カルスの姿を横目で見ながら、ライザクスは小さく呟く。彼は遥《はる》か昔のあの時のことを、まるで昨日のように感じていた。

一方カルスは深く集中し、しっかりとその槍を握りしめる。そして力の限り、その槍を放った。

「いっけえええええ‼」

強大な閃光が、空を駆け抜ける。

目にも留《と》まらぬ速さで放たれた竜の槍は一直線にマグルパの肉体に突き刺さり、貫通する。

そして相手の肉体に溢れんばかりの光の魔力を流し込み、破壊し尽くす。

『があああああっ⁉』

絶叫とともに落下するマグルパ。攻撃が当たる瞬間、マグルパは全身を硬くして防御しようとしたが焼け石に水であった。とてつもない痛みとともに彼の体はボロボロと崩れていく。

『まだ、まだ勝てないというのか……！』

怒りと喪失感に包まれながら、マグルパは学園の敷地内に落下するのだった。

◆　◆　◆

「はあ……はあ……」

光の竜槍《ライザクス》を放った僕は、肩で息をしながら、ライザクスの背に倒れ込む。

凄い疲労感だ。こ、こんなに疲れるなんて。

『大丈夫かカルス？』

「は、はい。大丈夫、です」

ライザクスさんが心配そうにこちらを見てくる。

『小さな体でよくやった。お主がいなければ多くの民が命を落としただろう。お主は英雄《ヒーロー》になったのだよ』

「僕が……英雄《ヒーロー》？　ふふ、大袈裟《おおげさ》ですよ。でも……そう思ってくれる人がいるなら嬉しいですね」

僕はむず痒《がゆ》さを感じる。でも悪い気分じゃない。

「ライザクスさん。僕は大丈夫ですので、あいつが落ちた場所に向かってください。もしかしたらまだ生きているかもしれませんから」

『……分かった。無理はするなよ』

ライザクスさんは僕を心配したようにそう言うと、マグルパが落ちた学園敷地内に向かっていく。

さっきの魔法のせいで疲労は溜まったけど……まだ魔力は残っている。もしマグルパが生きていたとしても、トドメを刺すくらいなら問題なくできそうだ。

『しぶとい奴だ』

呆《あき》れたようにライザクスさんが言う。

言葉につられ正面を見てみると、そこには体の大部分が焼け落ちながらも地面を這いずり逃げようとするマグルパの姿があった。竜の姿はもう維持できなくなったのか、人の形になっている。

「あの攻撃を受けてまだ生きているなんて。なんて生命力なんだ」

生きてるかもしれないとは思っていたけど、さすがに驚く。

でもその体は今もボロボロと崩れていっている。きっと体の中に打ち込まれた光の魔力が攻撃し続けているんだろう。数分もすれば完全に消滅してしまうに違いない。

『……ここでよいか』

ライザクスさんはマグルパから少しだけ離れた位置に着陸する。

僕は背中から尻尾の方にするすると降り、地面にひょいと跳ぶ。ふう、空も気持ちいいけど地面の方がやっぱり安心するね。

『……さてカルスよ。我はそろそろ眠りにつかねばならぬ。悪いがあれへのトドメはお主が刺してくれ』

「え、そうなんですか?」

『顕現術は、我の力を相当消費する。長い間魔力が少ないところにいたことも重なり、我の力は尽きかけてしまっているのだ』

見ればライザクスさんの体は徐々に透けてきている。もう限界が来ていたんだ。

『なに、心配するな。先も言った通り、我はお主の中で少し眠りにつくだけだ。しばらくしたら再び姿を現す』

「……分かりました。ここまでありがとうございますライザクスさん。本当に助かりました」

『こちらこそ礼を言うぞカルスよ。お主に出会えただけで五百年待った苦労が報われたというものだ』

ライザクスさんは僕のことをじっと見つめる。

その目はどこか懐かしんでいるように見える。僕をかつての相棒と重ねて見ているのかな。

『そうだ、我の槍「光の竜槍《ライザクス》」はお主の中に宿っている。この魔法は他の魔法と違い精霊を必要としない。つまり我が眠りにつこうとも、光の精霊が憑いていなくとも使用することができるのだ』

「そ、そうなんですか？」

驚いた。ということは魔法よりも魔術に近いってことなのかな？

なんにせよ特別な魔法なんだ。覚えておこう。

『しかしまだその槍はお主の体に馴染《なじ》んでいない。使えて一日に一度。無理はするでないぞ』

「分かりました。気をつけて使います」

ライザクスさんは僕の返事に満足したように頷くと、次にセレナの方を見る。

『すまないな光の姫君よ。お主にも色々伝えたいところであったが、その時間はないようだ』

「構わないわ。また会えるんでしょ？　その時にたっぷり聞かせてちょうだい」

『ああ、もちろんだ。カルスとともに待っていてくれ』

ライザクスさんはそう言ってセレナとの話を終えると、再び僕に視線を戻す。

その体はもう消えかかっている。もうお別れの時みたいだ。

『短い間だったが、楽しかったぞカルスよ。忌み人であるお主にはこの先も苦難が立ちはだかるであろう。だが大丈夫、お主にはお主のことを想ってくれている者がたくさんいて、お主はその者たちに感謝できる素直な心を持っている。それさえあればどんな苦難も乗り越えられよう』

「はい……」

永遠の別れじゃないと分かっていても、目頭が熱くなる。

ライザクスさんから貰ったものは大きい。

『笑えカルス。男の別れは笑顔でするものだ。アルスは死の際も笑みを絶やさなかったぞ』

「はい。本当にありがとうございました」

悲しみを振り払い、笑顔を作る。

それを見たライザクスさんは満足したよう頷いて、消えていった。

寂しいけど、少しだけお別れだ。また会えた時には色々話を聞いてみたいな。

「カルス」

「うん。分かってる」

セレナに言われ、僕はマグルパの方を見る。

『お、おお……』

低く恐ろしい声を出しながら、マグルパはまだ地面を這っていた。

その体は今もボロボロと少しずつ崩れていっている。誰の目から見ても手遅れなのは明らかなのに、なんて執念だ。死にかけのはずなのに僕は恐ろしさを感じた。

「もう、終わりにしましょう」

警戒しながらマグルパに近づく。

獣は死にかけが一番恐ろしいとダミアン兄さんも言っていた。警戒は怠らない。

『ぜえ、はあ……お前……？』

マグルパは僕のことをじっと見つめると、不思議そうな声を出す。

一体どうしたんだろう。

『ひ、人が長い時を生きられるはずがない、変だと、思ったんだ。なるほど、アルスの子孫だったか』

「ええ。アルス様は死にましたが、あの人の役目は僕が引き継ぎます」

『ひ、ひひひ。アルスが死に、白蜥蜴も消えた。やはり我らは勝ったんだ……』

引きつったように笑うマグルパ。その笑い方には狂気を感じる。

「いえ、今回も僕たちの勝ちです。貴方は僕が倒します」

『くくく、確かに私は死ぬだろう。体に残った憎らしい光の魔力は消すことができない。だが……まだこんなことはできる』

マグルパは自分の右手を胸元に置き、『過剰転移《オーバーポート》』と呟く。

すると周囲に黒い球体がいくつも出現し、周りの木や壁、地面などが瞬く間にえぐり取られて消えていく。危機を察知した僕は一旦マグルパから距離を取る。

「な、なにが起きているんだ⁉」

明らかに異常事態だ。

消える範囲は徐々に広がっている。このままだといずれ学園が、いや王都全域に被害が出てしまう。

『……私の命を代償に超大規模の次元魔法を発動した。この魔法は無差別に物体を転移させる、その対象範囲はこの王都をすっぽりと覆い尽くすほど大きい。くく、飛ばされる場所はどこかな？空か地面か、海か遠く離れた地か。どこであろうと人が飛ばされれば無事では済まないだろう』

マグルパは崩れかけている顔で醜悪な笑みを浮かべる。まさかこんな奥の手を残していたなんて……！

「そんなことはさせない！　今すぐ止めるんだ！」

『無駄だ。一度発動したこの技はもう私でも止めることはできない。込めた力を使い果たすまで周囲に次元干渉をし続ける。もうこの都市は終わりなんだよぉ！』

声高らかに笑うマグルパ。

そんな。せっかくここまで戦ってようやく勝ったのに本当に駄目なの？　なにか、なにか方法はないんだろうか。

「セレナ！　なにかあれを止める方法はないの⁉」

「……そうね。まだ完全に発動する前なら、大きな魔力で覆うことで止められるかもしれないわ。けど……」

「魔力ならまだある。よし、やってみるよ」

「待ってカルス！」

僕は魔法を完全に発動する前に、マグルパのもとに行こうとする。

すると、

「やめておいた方がいい。君もただでは済まないよ」

突然第三者の声が耳に入ってくる。

声のした方を見てみると、そこにはエミリアさんの姿があった。どうしてここにいるんだ？

「それは今、不安定な状態にある。確かに君の魔力量であればそれの完成は止められるかもしれない。ただそれをするには次元魔法を直接触り、干渉しなければならない。そんなことをすれば君は絶対に無事では済まない。次元の狭間に吸い込まれ、一生そこから出てこられないかもしれないよ」

そう言ったエミリアさんは、ニィと楽しげに笑みを浮かべるのだった。

突然現れ不吉なことを言うエミリアさん。

この人の言うことなんて無視した方がいいのかもしれないけど、この人が魔法や魔術のスペシャリストなのは事実。話だけでも聞いておいた方がいいかもしれない。

「無事じゃ済まないというのはどういうことですか？」

「言葉の通りさ。あの次元魔法……まああれは魔術と言った方が正しいんだけど、それは置いておこう。言ってしまえばあれは爆弾みたいなものなんだ。導火線に火がつき爆発するのを待つだけの状態だ。それを君は体で覆って周りへの被害を防ごうとしている。確かにそれなら周りへの被害は防げる、だけど爆発をゼロ距離で食らった君はどうなると思う？　まあ悲惨な結果になるのは目に見えているよねえ」

くく、とエミリアさんは笑う。

なんでこの状況で笑ってられるんだろうか。この魔法が発動したらどれだけの被害が出るのか分かっているんだろうか。

「じゃあこのまま放っておけと言うんですか？」

「まあ落ち着きたまえ。確かに君ではそのような方法しか取れないだろう。だけど……私なら違う」

エミリアさんは得意げな顔をして言う。

「私は次元魔法には造詣が深い。この大陸全土を探しても私以上に次元魔法に詳しい者はいないだろう」

「……なにが言いたいんですか」

「つまり私ならこの次元魔法を止められる、と言っているのだよ。なんの犠牲も出さずにね」

にやりと笑うエミリアさん。

プライドの高いこの人がここまで言うんだ。言っていることは嘘《うそ》じゃないんだと思う。だけど、

「タダではやってくれない、ということですよね」

「くく、話が早くて助かるよ」

そうか。この人はこの時を待っていたんだ。

僕が自分の力ではどうしようもなくなって、助けを求めるこの瞬間を。

「もしかして僕が大穴に入ることも、魔の者に襲われることも……全部、貴方の筋書き通りというわけですか？」

「その通り、勘がいいね。君は今まで自分の意思で行動していたと思っているかもしれないけど、全部私のシナリオ通りに動いていたんだよ」

エミリアさんは上機嫌に語る。

「大穴の見学許可を出したのも、一度に入れる人数を決めたのも……そして君たちを一番に大穴に入れるようにしてあげたのも私。君たちは私の想定通りに動いてくれた。途中伝説の白竜が出てくるという事故《アクシデント》もあったけど……私の即興《アドリブ》のおかげで最終的には想定通りの結末になった」

そう言って「くく」と得意げに笑うこの人を見て、僕は強い不快感を覚える。

この人は、人をただの駒としか見ていない。だから自分の好き勝手に動かしてもなにも思わないんだ。この人の好きにさせていたら大勢の人が不幸になるだろう。

「貴方はいったいなにをしようとしているんですか。なぜ僕にこんなことをさせたんですか」

「……五年前に言ったことをもう一度言おうじゃないか」

エミリアさんは妖《あや》しげな笑みを浮かべると、僕の方に手を差し伸べてくる。

「カルス君、魔術協会に入り給え。そして私の部下として働くんだ。それだけでいい、簡単だろう？」

「な……っ？」

五年前、僕はこの人の同じ提案を蹴った。

それからなんの動きもないから、てっきりこの人は僕のことを諦めたのだと思っていた。

だけどそれは違った。

この人は虎視眈々《こしたんたん》とこの時を待っていたんだ。僕が絶対に断れないこの状況が来るのを。

「さあ。早く手を取り給え。手遅れになってしまうよ」

「そこまでして……僕を手中に収めたいですか？　僕にそのような価値があるとは思えないですが」

「そんなことはないさ。君は大いなる流れの中心にいながらその流れを変えうる存在、いわば特異点だ。私が君を使えば未来は思うがまま、どんな未来も実現できる」

なにを言っているのかはよく分からないけど、この人と組んだらよくない未来が待っているという予感がする。

手を貸したせいで次元魔法が暴走した未来よりも悪い結末になることすらありえると思う。

「……」

僕は考える。

今もっとも優先するべきことはなにかを。

決まっている。それは僕が大切に思っている人たちが無事に済むことだ。

次元魔法を放置しても、この人の手を取ってもそれは達成できないだろう。だったら……

「決めました」

「そうかい！　じゃあさっそく……」

「僕は、あなたの手は取りません」

きっぱりとエミリアさんを拒絶する。

すると彼の表情はこわばる。まさか断られるとは思ってなかったみたいだ。

「なにを言っているんだい？　私の手を取る以外に道などないよ」

「僕の望むものは、いつも困難な道の先にありました。きっとそれは今も同じです。あなたとともに歩む道は楽でしょうが、その先に僕の望むものはない」

そう言った僕は、覚悟を決めてマグルパの方を見る。

きっと無事では済まないだろう。でもみんなを守るためだ。

「カルス⁉　なにをするつもり⁉」

僕のしようとしていることを察したのかセレナが尋ねてくる。

「ごめんセレナ。みんなにも謝っておいてほしい」

「なにを言って……」

僕はセレナの方を見ずに、走り出す。

勝手に決めて行動して、こんなの相棒失格だ。でもこれも全てみんなに無事でいてほしいから。明日も笑って生きていてほしいから。僕はこの道しか選ぶことができなかった。

「こ、の……させるか！」

後ろから物凄い敵意を感じる。エミリアさんが追ってきているんだ。

今あの人の相手をしている時間はないのに。いったいどうすればいいの⁉

「私のものとなれ、カルス！」

その気配がすぐ側まで迫ってきたその瞬間、青い光が僕とエミリアさんの間に迸る。

そしてその光が収まると、そこにはなんとルナさんの姿があった。

「え、ルナさん……？」

「よく戻ったなカルス。さすが我が教え子だ」

ルナさんはそう言って薄く微笑むと、エミリアさんと向かい合う。

背が小さいから精霊の姿なんだろうけど、エミリアさんの目はしっかりとルナさんの姿を捉えていた。あの人、精霊が見えていたんだ。

「誰だお前は⁉　私の邪魔をしてただで済むと思っているのか⁉」

「誰だ、はこっちの台詞《せりふ》だ。哀れな人間のなれ果てよ」

ルナさんの言葉にエミリアさんはぴくりと反応する。

「人の身でエルフの真似事か？　肉体をいくらすげ替えても魂の汚れまでは誤魔化せない。その魂、長くは保たんぞ」

「黙れ！　私を愚弄するな！」

エミリアさんは魔法の刃を生み出すと、僕たちに向けてそれを容赦なく発射する。

するとルナさんはそれらを青い障壁で全て受け止めてみせた。

「行け、カルス。少しは保たせてみせよう」

「……ありがとうございます！」

僕はルナさんにその場を任せて走る。

「うぐ、ぐ……」

マグルパに近づくたび、体に負荷がかかる。これが次元が歪んでいる影響なんだ。

僕の動きは遅くなり、体は千切れそうだ。息も乱れ視界も歪む。だけど僕は止まらなかった。

『おまえ、なぜ……』

マグルパのもとに行くと、彼は不思議そうな目で僕を見た。

もうとっくに逃げたものだと思っていたんだろう。

「貴方を、止めに来ました」

僕はまず魔力の発生源を探る。

もっとも強く魔力を感じるのは、胸の部分だ。僕は実際に触って更に発生箇所を絞る。

「ここ、だ……！」

マグルパの胸元に手を置きながら、ありったけの魔力を流し込む。セレナは魔力で覆うと表現していた。それを想像するんだ。失敗は許されない、真剣に、本気で僕は魔力を操作する。

「い、け……！」

必死に魔力を操作すると、突然マグルパの魔力の『芯』を掴んだ感覚を覚えた。

これだ、これを魔力で覆って抑え込めばみんなを助けられる！

『こんなことをすれば、お前は……』

「分かっています。僕は無事では済まないでしょう。それでもやらなくちゃいけないんです」

もっと生きていたいし、学園にも通い続けたかった。ここでそれらを手放すのは悲しい。

でも僕の身一つでみんなが助かるなら、迷いはない。喜んで僕は犠牲になれる。

「ごめんね、みんな……」

脳裏に浮かぶのは僕を助けてくれたみんなの姿。

お別れの言葉を言えなかったのは申し訳ないけど、どうか許してほしい。

そしてどうか、僕の分も生きてほしい。

「はあああああっ!!」

体に残った魔力をありったけぶつけて、次元魔法を封じ込める。

その瞬間、物凄い衝撃が僕の体を襲う。体が捻じれ、視界が歪み、弾ける。

平衡感覚が消失し、地面に立っている感覚もなくなる。どっちが上でどっちが下なのかも分からなく、呼吸をしているのか、今自分が生きているのかすら不明瞭になる。

そして最後に白く弾けた僕の視界は闇に覆われて……消えたのだった。

◆　◆　◆

「本当に、やりやがった……」

カルスが消えたのを見たエミリアはその場に膝をつく。

彼がいなくなったことで数年がかりのエミリアの計画は泡と消えた。その喪失感は大きい。

「やったようだな。これでいい」

一方ルナはカルスが消えたのを見て満足気にしている。

そんな彼女を見てエミリアは激高する。

「貴様！　なぜ邪魔をする！　おかげで私が占星術により作り出した完璧な計画が台無しだ！」

「ふっ、なにが『完璧な計画』だ。どれくらい先の未来を見て発言している。数年？　いや数十年か？　占星術が聞いて呆れる」

全てを見透かしているようなルナの言葉に、エミリアは違和感を覚える。

そもそもこいつは一体何者だ。そう疑問を感じた彼は、魔術によりその正体を探ろうとする。しかし彼女の正体は、エミリアを以てしても分からなかった。

「なんだ貴様は……精霊でも人間でもないだと？　いったい貴様は何者だ⁉」

「それに答える義理はない。私はもう役目を果たした。これ以上貴様と語ることはない」

ルナの体が淡くなり、消え始める。

エミリアはそうはさせまいと手を伸ばすが、それより早く彼女の姿は消える。

「さらばだ人の幼子よ。星の導きがあればまた会おう」

空《くう》を切るエミリアの手。

なにも得ることのできなかった彼は、一人静かにその場に崩れるのだった。

◇　◇　◇

「どうなっとるんじゃ、これは……」

魔法学園の外れにある森の中へやってきたゴーリィは、そこの惨状を目の当たりにして呟く。

木々はなぎ倒され、地面は抉《えぐ》れ、辺りには瓦礫《がれき》が散乱している。

一体なにがあればこの短時間でこれほどの被害が出るのか、ゴーリィは想像できなかった。

「本当にカルスはこっちに来たのか……ん?」

瓦礫の山を歩くゴーリィは、ある人物を見つける。

それは魔術協会の長、エミリアであった。彼は転がっている瓦礫の上に腰を下ろしていた。その様子はまるで生気が抜けたかのようだ。

いつも無駄に自信満々な彼にしては珍しい。一体なにが起きたのかと、ゴーリィは一層警戒を強める。

「ここでなにをしておる」

「……ああ、ゴーリィか」

振り返ったエミリアの顔は少しやつれているように見えた。

なにかショックを受けることがあったようだな、とゴーリィは推測する。

「もうそっちの戦いは終わったのかい」

「ああ、魔の者は全て我らが倒した。お主の出る幕はもうないぞ」

「そうかい」

エミリアは興味なさそうに呟く。彼の視線はこの惨状の中心地点である大きな陥没穴《クレーター》に向く。よほど大きな魔法でも放たれたのであろうか、ゴーリィはその陥没穴《クレーター》から強い魔力を感じた。

「おい、カルスはこっちに来なかったのか？」

「来たさ。まあもういないけどね」

「どういうことじゃエミリア。カルスはどこに行った」

ゴーリィはエミリアに詰め寄る。

するとエミリアはここでなにが起きたのかを正直に話した。普段であればはぐらかしていたかもしれないが、カルスが消えたことは彼にとっても誤算であり心の余裕をなくしていた。

「――――ということがあったのさ」

全てを話したエミリアは「はあ」とため息をつく。彼は今日この日のために様々な策を弄していた。

しかしそれも全て徒労に終わってしまった。

これからどうするべきか。そう考えていると、ゴーリィが唐突にエミリアの胸元を掴み、詰め寄る。

その力はとても老人のものとは思えないほど強かった。

「貴様ッ！　そこまで堕ちたかエミリア！」

「……なんだい急に。別に私があの子を消したわけじゃないだろう。むしろ助けてあげようとしたというのに……馬鹿な子だよ」

「黙れ！　貴様がカルスを語るな！」

ゴーリィは右の拳を握りしめ、思い切りエミリアの顔面を殴りつける。

エミリアの小さな体はごろごろと地面を転がり、止まる。鼻の骨が砕けたのかその鼻からは血がだらだらと流れ落ちる。

「……痛いじゃないか」

「あの子の痛みに比べたらその程度の痛みなんでもないわ！　カルスはみなの為に自分を犠牲にしたのじゃぞ⁉　それなのに貴様は自分のことばかり……恥ずかしくはないのか！」

「くだらないね。人は自分の為にしか生きることはできない」

エミリアは立ち上がり、パンパンと服についた土を払う。

そして鼻を拭うと、流れ落ちる血がピタリと止まる。

「興を削がれた。私は帰るよ」

「好きにせい。二度とその面《つら》を見せるでないぞ」

エミリアはその言葉に返事をすることなく、去っていく。

一人残されたゴーリィはその場に力なく膝をつき、消えてしまった弟子のことを思いながら慟哭《どうこく》するのであった。

◇　◇　◇

――王都ラクスサス、王城内。

大きな円卓が鎮座するその部屋には、国王ガリウスと二人の王子が集まっていた。

武闘派の第一王子ダミアンと、知略派の第二王子シリウスだ。

魔の者の襲撃事件を現場で目撃し、戦闘の指揮を執ったダミアンは、ガリウスとシリウスにその報告をしていた。

事件から既に二日経っており、被害状況は把握されている。

負傷者は大勢出たが、奇跡的に死者は出ず、魔の者の情報が外に漏れることもなかった。

唯一黒竜になった魔の者は多くの民の目に触れてしまったが、竜の姿をしていたことが幸いし、民には竜が襲撃したのだと思われていた。

しかも王国の伝説として残っている白竜が現れ、その黒竜を倒したところを民は見ていた為、怖がるどころかむしろ興奮している者が多くいた。

更には、白竜の現れた日を『白竜記念日』にしようという者まで現れる始末だった。

この状況であれば他国が攻め入ってくることはないだろう。魔の者の情報規制は上手くいったといえよう。

だがこれらのことは、ガリウスもシリウスも既に聞き及んでいる。

今この場で話されているのは、公の場では話せないある人物のことだった。

「────以上が報告の全てです」

「そうか……」

ダミアンが報告を終えると、ガリウスは力なくそう呟く。

魔の者出現から心労が続いたためか、彼の顔の皺《しわ》はいつもより深くなっているように感じた。

そしてもう一人、ダミアンの報告を聞いたシリウスは席から立ち上がりダミアンに近寄る。そして突然彼の襟を摑み、物凄い形相で彼に詰め寄る。

「貴様が現場にいながらなにをやっているんだ！　なぜカルスを助けてやらなかった！」

カルスは、消えた。

生徒に行方不明者が出たということで、学園、王都、近隣の森などに捜索隊が派遣されたが、見つかる気配はなかった。

カルスが最後に目撃されたのは、学園内でももっとも被害の多かった場所だ。捜索にあたっている者も、もう彼は亡くなっているものだと思っているだろう。

「私は貴様を許さんぞダミアン。せっかく普通の生活を送れるようになったのに……。貴様はカルスを見殺しにしたも同然だ！」

「……返す言葉もない。全て俺の落ち度だ。いくら恨んでもらっても構わない」

「貴様……っ‼」

シリウスは拳を振り上げ、ダミアンを殴ろうとする、すると、

「よしなさいシリウス。ダミアンは自分の職務を全うしたんだ」

ガリウスがそれを叱責する。

魔の者と戦闘中、ダミアンは騎士たちを率いて前線で戦い続けた。もし彼らの奮闘がなければ魔の者は街に溢れ、多くの市民がその餌食になっていただろう。

ダミアンは自分に課せられた職務はきっちりと全うした。シリウスもそのことは理解している。

しかしそれでもこの怒りをぶつけずにはいられなかった。それは運悪く王都にいなかったせいで戦うことすらできなかった自分に対する苛立ちも多分に含まれていた。

「くそっ！」

シリウスは収まりのつかない気持ちを机にぶつける。殴った手にジンと痛みが残る。

ガリウスはそんな彼から視線を外し、ダミアンを見る。

「……まだカルスが死んだと決まったわけじゃない。あの子がどこへ行ったか、予測はついているのか？」

「それはまだ分かりませんが、調べる方法はあると聞きました。その件について説明できる者を呼んでおりますので、部屋に入ってもらってよろしいでしょうか」

「ああ、構わない」

ガリウスの了承を得たダミアンは、部屋の外に待機させていた人物を部屋に招く。

「お久しゅうございます。陛下」

帽子を脱ぎ、胸元に添えながらその人物は一礼する。

立派な白いひげを蓄えたその人物の名前はゴーリィ＝シグマイエン。彼が、カルスが消えるに至った経緯をダミアンに報告していた。

セシリアとも面識があるゴーリィは、彼女からも話を聞いていた。そのおかげで白竜ライザクスのことや、地下で起きた出来事も知っており、それについても既にダミアンに報告していた。

ゴーリィは挨拶もそこそこに本題に入る。今は少しの時間も惜しかった。

「カルスのいると思われる場所を調べる準備は既に進めております。その件でお願いしたいことがございます」

「なんだ？　申してみよ」

ガリウスの了承を得たゴーリィは、提案する。

「カルスの捜索隊を結成し、それを指揮する権利を私にいただきたく思います」

「既に捜索隊ならある。それの指揮権を譲るのではいけないのか？」

「はい。人員の厳選から捜索方法の決定まで全てやらせていただきたい」

真剣な面持ちでゴーリィは言う。

しばらく考えた後、ガリウスは「分かった」と首を縦に振る。

「予算は私がなんとかしよう。私の愛する息子をどうかよろしく頼む」

ガリウスはそう言って頭を下げる。

公式の場では国王が頭を下げることはあってはならない。しかしここは非公式の場、ガリウスは子を愛する一人の父親としてゴーリィに頼み込んだ。

その意を汲《く》んだゴーリィは、深く頭を下げ力強く言う。

「お任せください陛下。必ずやご子息は私が見つけます」

○用語事典Ⅸ

王都ラクスサス

レディヴィア王国北部に存在する大都市。
多くの人が暮らしており、商業地区はいつも祭りのように賑わっている。
東部には大陸最大規模の教育機関『魔法学園レミティシア』があり、
毎年優秀な生徒を輩出している。
建国者アルス・レディッヴァイセンはともに戦場を駆け抜けた
相棒の名前を取り、この都市の名前をつけたと言われている。

魔の者

闇の魔力を持つ魔力生命体。
ほとんどの個体は特殊な能力を持っていないが、非常に高い生命力を持っており、
弱点である光魔法以外では倒すことが難しい。
強力な個体は体を自在に変化させることができ、
更に特異な能力に目覚めることもある。

――――闇より生まれ出た生物は本能的に他者を苦しめたいという欲求を持つ。
奴らに善悪の概念などなく、ただ憎み痛めつけ合うことでしか他の生命と関係を
持つことができないのだ。
ライザクスの独白

エピローグ　飛ばされた者たち

最初に感じたのは、強い喉の渇きだった。

いや渇きというより、痛みと言ったほうが正しいだろうか。

少しでも喉を潤そうと口を開けて呼吸するけど、乾いた空気と砂が入ってきて余計に喉が渇き痛みは強くなる。

「はあ、はあ……」

その次に感じたのは物凄い暑さだ。

今すぐに服を脱いで裸にでもなりたい気分だ。でも体がダルくてそんな元気すらない。内臓が体の中で回転しているような気持ち悪さだ。

頭もぐわんぐわんと揺れていて思考がまとまらない。いったい僕はなにをしていたんだっけ。

「こ、ここは……」

壁に手をつきながら、なんとか起き上がる。

目をゆっくりと開けると、そこは狭い通路のような場所だった。いや、通路というより路地裏かな？　視線の先には大通りのような場所があって、そこに人が何人も歩いている。

それにしても……暑い。外にいてこんなに暑く感じるのは初めてだ。喉が渇いて仕方ないのも頷《うなず》ける。

もう一つ気になるのは、今触っている壁がやけにざらざらとしていることだ。この感触は石でも木でもない。この表面が崩れている感じは……砂？　砂を固めて作った建物なんて本でしか見たことがない。

「いったい……どうなっているんだ……？」

人がいるなら助けを求めることができる。僕は壁にもたれかかりながら歩いてなんとか大通りに出る。

そこで目にしたのは……見たことのない、砂漠の町だった。

乾いた砂が舞っていて、歩いている人たちは布で顔を覆っている。頭上からは強い日光が射《さ》していて、肌をじりじりと焼く。

見るからに王都とは違う街並みに頭が混乱する。いや王都じゃないどころか、レディヴィア王国内でもなさそうだ。王国にはこんな砂漠地帯はない。

ここがどこかは気になるけど、今はひとまず水を飲むのが先決だ。日を浴びているだけで体力が減っていっているのを感じる。

このままじゃ数分でまた僕は倒れるだろう。早く助けを求めなきゃ。

僕は近くを通りかかった人に声をかける。

「あ、あの。水を……」

僕が話しかけた人は、僕をちらと見たかと思うと、すぐに視線を前に戻し通り過ぎてしまう。

「え……？」

なんと完全に無視されてしまった。

僕は諦めずに別の人に話しかけるけど、再び無視されてしまう。三度ほど無視されたところで、僕はあることに気がつく。

この町の人たちには……余裕がない。

道の端に倒れている人がいても誰も気に留《と》めないし、みな死んだような目で歩いている。王都に住んでいる人たちにはまだ余裕があった。けれどここにいる人には、他人を助けるような心のゆとりがないみたいだ。

僕が着ている服が明らかにここに住んでいる人のものじゃないのも警戒されている理由かもしれない。

気づけば少し離れた所で僕のことをにやにやと笑いながら見ている人もいる。あの目は僕を見て楽しんでいるというより、獲物を見つけたような目に見える。

僕が倒れたら身ぐるみを剝《は》ごうとでもしているんだろうか。もしここで倒れたら助けてもらえるどころか全てを失ってしまいそうだ。

「まずい、まずいぞ……」

だんだん足に力が入らなくなってきた。

汗も出なくなり、気が遠くなってきた。これは体の水分が枯渇しているサインだ。

「はあ、はあ……」

倒れそうになる体に鞭《むち》を打ち、歩く。

あてはない。だけどこのまま立っていても倒れるのを待つだけだ。

町行く人たちは僕のことを奇異の目で見つめる。変な格好をした子どもが歩いているなあと思っているんだろう。哀れむような目で見てくる人もいるけど、助けてくれる人は一人もいなかった。

誰かに助けを求めても駄目だろう。僕はぼやける視界の中、辺りを見渡す。

看板のかかっている建物も多い。宿屋だったり、武器屋だったり。どこに入れば一番助けてもらえる可能性が高いだろうか。

「あ、ああ……」

足が石のように重くなり、呼吸するのすら大変に感じる。

薄れゆく意識、歪《ゆが》み霞《かす》んでいく視界の中、僕はある店を見つける。ここなら……もしかしたら。

僕は最後の力を振り絞ってその建物の前まで行き、扉に手をかけ……倒れ込む。

扉は開き、僕は建物の中にうつ伏せになる。

「なんだいったい⁉」

声が聞こえる。

きっとこの店の人が気づいたんだ。

「おいおい、勘弁してくれよ！」

困っている。当然だ。

このままじゃ僕は追い出されるかもしれない。そうなったらもう助かる見込みはないだろう。

僕は必死に体をよじり、小鞄《ポーチ》の中からある物を取り出す。そしてそれを握った手を目立つように前に出し……意識を失った。

◇◇◇

「う、ううっ……」

気だるさを覚えながら、僕は意識を取り戻す。

光が射しているみたいで眩《まぶ》しい。

ゆっくりと目を開け、体を起こす。

僕は小さな部屋に置かれたベッドの上にいた。ここはどこなんだろう、僕は辺りをきょろきょろと見回す。

するとベッド脇のテーブルに、水の入ったコップが置かれていることに気がつく。僕はそれに手を伸ばし、一心不乱に飲み干していた。

「ごく、ごく、ごく……ぷは！　はあ、はあ……生き返った……」

こんなに水が美味《おい》しく感じたのは初めてだ。

コップの横には水差しも置かれていて、僕はすぐに二杯、三杯と胃に水を流し込んでいく。すると部屋の扉がキィ、と開いて見知らぬおじさんが中に入ってくる。

「目を覚ましたか坊主。自分で水を飲めるなら大丈夫そうだな」

浅黒い肌をしたスキンヘッドのおじさんは、無愛想な感じでそう言う。どうやらこの人に助けてもらったみたいだ。

「あの、ありがとうございます。助かりました」

「見知らぬガキなら追い返したが、仲間とあれば話は別だ。当然のことをしたまでだ」

そう言っておじさんはサイドテーブルに置いてある、ある物を指差す。

それはルナさんから預かった首飾り『月の守護聖印《ムーンアミュレット》』だった。そうだ、僕はこれを取り出して倒れたんだ。

「やはり貴方は『青光教』を信仰している方だったんですね」

「俺、というより俺の家系、だけどな。代々そうなんだよ」

僕は希薄になる意識の中、三日月の紋様が入れられた道具屋の看板を見つけた。その紋様は月を崇める『青光教』のシンボルだ。

僕はその店でこの首飾りを見せれば仲間だと思われるんじゃないかという一縷《いちる》の望みに賭けて、この店に入ったんだ。

その賭けは見事成功した。他の店だったら追い返されていたと思う。

「それにしてもその首飾り。作りがしっかりしているな。もしかしてお前は結構偉い立場の人間なのか？」

「あ、えと、いえ、これは代々受け継いでいるだけなので僕は全然偉くありません」

「そうか。まあそういうことにしておこう」

おじさんは僕の言葉をひとまず信じてくれる。

さすがにルナさんのことは正直に言えない。第一信じてもらえないだろうしね。

「あの、僕はカルスと言います」

「俺はタリク・ミジャールだ。たいしたもてなしはできないが、まあゆっくりしていくといい」

そう言ってタリクさんはテーブルの上にカットされた果物を置いてくれる。無愛想な感じだけど、かなり面倒見のいい人みたいだ。

「それ食って休んどけ。今日は動くんじゃないぞ」

「はい、分かりました。それと……本当にありがとうございます。このご恩は必ずお返しします」

そう言って頭を下げると、タリクさんは「ふん。ガキがそんなこと気にするな」と言って部屋から出ていった。やっぱりこの人、凄くいい人だよね。

やることのなくなった僕は置かれたフルーツをちらと見る。

赤い果肉の、見たことないフルーツだ。僕はそれを手に取り、ぱくっと一口で食べる。

「わ、すっごく美味しい……」

酸味と甘味が絶妙ですごく美味しい。

これはシズクも好きそうだね……と思って、自分が今一人しかいないということを思い出す。

窓の外の景色は、明らかに異国の風景。

ここまで落ち着けば、意識を失う前なにをしていたかを思い出すこともできる。

「あの魔法の影響で転移しちゃったんだ……」

洞窟の中で転移されたのとはわけが違う。あの時はそれほど遠くには飛ばなかったし、シシィも側にいた。

でも今の僕は完全に一人で、しかも比べられないほど遠くに飛ばされてしまった。

「セレナ、いる?」

口にしてみるけど、返事はない。

精霊は次元魔法でついてこない。あの時と同じだ。

「う、うぅ……」

寂しさがどっと押し寄せてきて、胸が張り裂けそうになる。

僕は――本当に一人になってしまったんだ。

◆ ◆ ◆

――魔法学園、深夜。

魔の者による襲撃事件から二日経ち、いまだその傷跡が残る敷地内で、ある異変が起きていた。

突然地面の一部がもこもこと隆起し、その下からなにかが姿を現そうとしていたのだ。

「……ぶはっ!」

大きく息を吐いて地面の下から姿を現したのは、鉄兜《てつかぶと》を被った男だった。

男は地面から体を全て出すと、服を叩《たた》いてこびりついた土を落とす。

「ふうー、久しぶりの新鮮な空気はうまい! 全く、ひどい目にあった!」

そう声高に言った鉄兜の男の正体は、大賢者の一人〝鉄人〟の異名で知られるメタルだった。

彼はあらかた土を落とすと、その場から立ち去ろうと歩き出す。すると、

「おかえりメタル。ずいぶん大変だったみたいだね」

そう呼び止められる。

声のした方を向くと、そこには整った顔立ちをした少年が立っていた。

その人物の名前はエミリア。メタルも所属する魔術協会の長だ。

彼の姿を見たメタルは「おや」と驚いたように声を上げる。

「お出迎えとは珍しいですね会長」

「これでも少しは心配したんだよ？　君に死なれると色々と面倒だからね」

エミリアの言葉に、メタルは心の中で「あてにしているのは戦力としてだけか」と毒づく。二人は長い付き合いだが、その間に絆《きずな》は生まれていなかった。

お互いに利があるから付き合っているだけ。別に好きでもなんでもなかった。

「まさか次元魔法を使われるとは思わなかった。しかも下方向に転移させるとはやってくれる。私でなければ死んでいたところだ」

地面の中は上下左右も分からない空間。

そんな所で身動きが取れなくなれば、普通の人はパニックを起こすだろう。

「ところで会長、もう一人は見つかったのか？」

「ムーングリムはまだ見つかっていない。魔力反応が感じられないから君より遠くに飛ばされたん

だろう。だがまあ、あいつなら大丈夫だろう。殺しても殺せないような奴だ」

「ふむ。それもそうか」

メタルは納得したように呟《つぶや》く。

彼もムーングリムが転移させられたぐらいで死ぬとは到底思えなかった。

「ところで奴ら、魔の者だったか？　あいつらはなぜ魔法が使えたんだ？　五百年前はそんなことできなかったはずだが」

「あれは魔法ではなく魔術、更に細かく言えば『先天魔術《せんてんまじゅつ》』の一種だよ」

エミリアの言葉にメタルは「先天魔術？」と首を傾げる。

その反応を見たエミリアは呆《あき》れたように説明を始める。

「先天魔術は生まれつき行使できる特別な魔術だ。使用できる人間は少ないが、その効果は強力。珍しい代物だ。ムーングリムの使う魔術もこれに当たるね」

「ああ、そういえばそんなものがあったような気がするな！　ということはあいつらは生まれつきその魔術を使えるのか？」

メタルが尋ねると、エミリアはふるふると首を横に振る。

「最近の研究で分かったことだが、先天魔術には脳の構造が深く影響していることが分かった」

「脳の構造？」

「ああ、脳の形が偶然術式の形をとってしまった人間には先天魔術が宿るのさ。そうなった人間の脳に魔力が流れると勝手に術式が起動し魔術が発動する。面白いだろう？」

くっく、と笑うエミリア。

その説明を聞いたメタルは「なるほどな」と納得したように呟く。

「つまり奴らは脳の構造を変化させて後天的に『先天魔術』を発現させたわけだな」

「……君は物を知らないが馬鹿ではないねえ。そう、その通りさ。肉体を自在に変えるのは魔の者の特技だからね」

エミリアは目にした魔の者を思い出しながら語る。

「といっても魔術を発動できるに至ったのは上位の個体だけだったけどね。他の個体は肉体変化の精度が低すぎた。もし彼らがみな先天魔術を発動できていたらこの戦いの勝者は変わっていたかもね」

「はは、面白いことを言う。そうなっていたら貴様は投入する大賢者の数を増やしていただろう」

メタルの言葉に、エミリアの動きが止まる。

辺りには途端に不穏な空気が流れる。

「……どういう意味かな?」

「言葉の通りだ。貴様はこの戦場の力関係《パワーバランス》を操作《コントロール》していた。おかしいと思ったんだ。あいつらみたいな相手なら、兄貴やキュルケーの奴を呼んだほうがいい。それなのに実際に呼ばれたのは私とムーングリムだ」

エミリアはなにも言わずじっとメタルを見つめる。

その瞳にはなんの感情も感じられない。メタルは気味の悪さを覚えた。

「魔術を使った二体が私とムーングリムに似た系統の魔術を使ったからおかしいと思ったんだ。貴様はこの戦いが拮抗《きっこう》することを望んでいた。だから変な人選をしたんだ。違うか？」

「……ふふ、考えすぎさ。君たちを頼りにしているだけだよ」

エミリアの返答にメタルは「……そうか」と短く返す。

喋らないのなら、無理に聞き返すつもりはなかった。今更その捻《ね》じ曲《ま》がった性格を直せるとも思えない。

メタルはエミリアに背を向け歩き始める。

しかし、途中で歩みを止めると、背中を向けたままエミリアに言う。

「全てを支配できていると思うのはお前の悪癖だぞ。いつまでもそう上手くはいかないだろう」

「ご忠告どうも。だけどそんなこと私はよく知っているよ」

エミリアの頭に浮かぶは二人の人物。

自分の言うことを聞かず、なにも思い通りにならない少年と、なにもかもが分からない謎の少女。

二人の存在は全てが思い通りに行かないと気がすまないエミリアにとって許せないものだった。

必ず全てを手に入れる。彼はそう心の中で誓う。

「それは結構だ。お前の悪巧みが実らないことを祈っているよ」

そう言い残し、今度こそメタルは去る。

一人その場に残されたエミリアは、誰に言うでもなく呟く。

「誰が楯突《たてつ》こうが私は変わらない。悲願を成就する、その時まで私は止まる気はないぞ」

彼の呟きは、空に広がる星空だけしか聞いていなかった。

書き下ろし
エピソード

クリスの来訪

天気のいい、ある休みの日の昼下がり。

燃えるような赤い髪を持つ、その少女はとある家の前でそわそわとしていた。

「すー、はーー。変じゃない……わよね」

少女は自分の服装をもう一度見直す。

白いブラウスと、紺色のスカート。何時間も吟味して選んだ、彼女の持っている中でも結構いい値段のする服たちだ。

スカートはお気に入りのやつだし、ブラウスはこの前買ったばかりのもの。少しだけ胸が開いているデザインなので恥ずかしいが、彼に会うのだからそんな女々しいことも言っていられない。

大丈夫。髪もいつもの倍の時間をかけてセットしたし、変じゃないはずだ。

そう自分に言い聞かせた少女……クリス・ラミアレッドは、意を決して扉に近づき、少しだけ強めにノックする。

すると数秒してから扉が開き、中から家主が姿を表す。

「いらっしゃいクリス。さ、上がって」

そう笑顔で彼女を迎え入れたのは、カルスであった。

カルスはクリスの顔を見た後、次に服装に目をやり「わっ」と驚いたように声を出す。

「今日はとってもおしゃれだねクリス。凄くかわいいよ！」

手放しにクリスの服装を褒めるカルス。

するとクリスは「そ、そう？　ありがと」と、とても照れた様子でお礼を言う。普段は男勝りで勝ち気な彼女だが、今日はそれも影を潜めていた。いつものクリスとのギャップにカルスはドキッとした。

「いらっしゃいませ。お待ちしておりましたクリス様」

家の中に入ると、メイドのシズクがクリスを迎え入れた。無表情なのでなにを考えているかは分からないが、ひとまず歓迎してくれてはいるみたいだ。

会うたびに小さな口論をしてしまうことを気にしていたクリスは、心のなかでホッとする。

「それじゃ早速僕の部屋で始めようか」

カルスの誘いに、クリスはこくりと頷《うなず》く。

今日クリスは、カルスに勉強を教えてもらいに来ていた。実技は大得意な彼女だが、勉学は苦手で、次のテストの点数が危ぶまれていた。

テストで赤点を取ってしまうと補習になり、遊ぶ時間も減ってしまう。そのため今日はこうしてカルスの家で勉強を教えてもらうことになったのだ。

同じく点数が危ないジャックもカルスの家に行きたがったが、それはクリスが力ずくで阻止した。あまりない二人きりで過ごす時間を邪魔されたくなかったのだ。

「えっと……クリスが苦手なのは歴史だったっけ？」

「それと算学と文学と理学ね」

「ほぼ全部だね……じゃあ時間も限られてるしやろっか」

カルスの自室に置かれているテーブルについた二人は教科書を広げ、勉強を始める。

普段は勉強となるとすぐ眠くなってしまうクリスだが、今日に限ってはカルスにいいところを見せようと真剣に取り組んでいた。そのせいでカルスも教えるのに熱が入り、勉強は想像以上にはかどった。

「だからここはこの数式を使って……」

「なるほどね。ここをこうすればいいってわけね」

「そうだね。さすがクリス、飲み込みが早いや」

カルスが褒めると、クリスは得意げに「ふふん」と胸を張る。もし彼女に犬のように尻尾がはえていたらぶんぶんと大きく振っていたことだろう。

そうやって楽しく勉強を進めていると、扉がコンコンとノックされる。それに気づいたカルスは「入って大丈夫だよ」と呼びかける。

「失礼いたします」

そう言ってメイドのシズクが室内に入ってくる。

手に持ったトレイには、スコーンと湯気の立つ紅茶が載っている。

「お疲れと思い、お茶とお菓子を用意いたしました」

「ありがとう。結構集中してできたし休憩にしようか」

カルスの言葉にクリスも頷く。彼女もそろそろ集中力に限界が来ていた。ここで糖分を補給できるのは願ってもないことだった。

「あ、そうだ。この前師匠が買ってきてくれたお菓子もあるんだ。せっかくだからそれも一緒に食べようよ。ほら、シズクも一緒にさ」

カルスはそう言ってシズクを座らせると、自分の部屋を出ていく。

部屋にはクリスとシズクの二人が残された。五年前にも顔を合わせたことのある両者ではあるが、二人きりになるのは初めてのこと。気まずい空気が流れる。

どうしようかとクリスが考えあぐねていると、シズクがおもむろに口を開く。

「……カルス様は、学園で楽しくやっていらっしゃいますか？」

「へ？　あ、ああ。もちろんよ！　授業はいつも食い入るように聞いてるし、誰よりも楽しそうにしてるわ！　ま、私が一緒にいるんだから当然だけどね！」

クリスは見栄を張るように言う。

なにか言い返してくるかと思いながらちらとシズクを見ると、クリスの予想とは異なりシズクは嬉《うれ》しそうに微笑《ほほえ》んでいた。

「……どうしたの？」

「嬉しいんです。カルス様が楽しく学園生活を送れていることが」

瞳に光るものが浮かび、シズクはそれを拭う。呪いのことは知らないクリスだが、カルスがなにかしらの重い病気で屋敷の外に出られなかったことは知っている。そしてそんな彼を側《そば》で献身的に支えていた人物がいたことも同様に知っていた。

「あなたには感謝しています。カルス様が早く学園に溶け込めたのも、仲の良いクリス様がいてくれたからでしょう」

それはシズクの心からの言葉であった。

自分と違い、カルスと近い立場で、しかも積極的に接することができるクリスに嫉妬に近い感情を抱《いだ》いていたこともあるシズクだが、同時に彼女に深い感謝もしていた。

「カルス様はいつも学園から帰ってくると、なにがあったかをとても楽しそうに話されるんです。もちろんクリス様のこともよく話してくださいます」

シズクの言葉に、クリスは恥ずかしそうに頭をかく。まさかそのようなことを言われるとは露ほどにも思っていなかった。

「えっと……ありがと。カルスの力になれているなら、私も嬉しいわ」

そう言ってクリスはシズクの目をじっと見つめる。

「でもあんただってちゃんとカルスの力になれているわ。だってあいつ、学園であんたのことをよく話すもの。食事の時なんかいつもお弁当を自慢するのよ?『シズクの作ってくれる料理はどれも美味しいんだ。これなんか特に美味しくて』……ってね」

「カルス様がそのようなことを……？」

シズクは驚き目を丸くする。まさか主人が自分のことを自慢していたなんて思わなかった。

「学園で一緒にいる私のことを羨ましいと思っているのかもしれないけど、私からしたらあんたの方が羨ましいわ。だって誰よりも近くであいつを支え続けてきたのはあんたじゃない。きっとあいつは誰よりもあんたを信頼しているはずよ」

「クリス様……」

見つめ合う両者。

二人は同じ人物に惹《ひ》かれた者同士の絆《きずな》のようなものを感じていた。

「おまたせ……あれ？」

部屋に戻ってきたカルスは、いつも二人の間にあったはずのどこか冷たい空気がなくなっていることに気がつき、首を傾げる。

「僕がいない間になにかあった？」

「内緒。女の子同士の話に首を突っ込むなんて野暮よ？」

「えー？　そんなあ」

困ったようにシズクの方を見るカルス。しかし意外なことにシズクも「内緒です」と口を閉じる。

「さ、紅茶が冷めてしまいますのでお茶にしましょう。カルス様も座ってください」

「本当に教えてくれないの？」

「しつこい男は嫌われるわよ。ほら、もっとこっちに寄りなさい」

「いえ、こちらに」

「ちょ、二人とも力強いって！」

こうして三人の楽しい時間は、賑《にぎ》やかに過ぎていくのだった。

あとがき

またまたお会いできまして嬉《うれ》しいです。作者の熊乃《くまの》げん骨《こつ》です。

よめはん三巻いかがでしたでしょうか？　物語も大きく動き出し、核心に近づき始めていると思います。楽しんでいただけましたなら、嬉しいです。

二巻に引き続き三巻も王都が舞台となり、様々なことが起きました。最後には更に違う場所も登場し、本作はどんどん広がっていきます。

カルスが自分の身に訪れた最大の危機にどう立ち向かっていくのか、ルナやエミリアの目的、そして呪いの正体など、ぜひ楽しみに待っていてください！

まだ明かされていない情報もたくさんありますので、更によめはんワールドは楽しくなっていくと思います。

そしてもう読み始めてくださっている方もいらっしゃると思いますが、本作の漫画版の連載が始まりました！

鈴風澄《すずかぜすみ》先生がカルスたちをとてもかわいく魅力的に描いてくださっていますので、ぜひそちらも読んでみてください！

そんなよめはんコミカライズ版は現在ＤＲＥコミックスで読むことができます！


最後に謝辞を。

三巻もイラストを担当してくださったファルまろ先生、ありがとうございます！

ファルまろ先生の美麗なイラストをいただくのが原稿作業中の一番の癒やしでした。本当にありがとうございます！

そして編集のわらふじさんもありがとうございます！　美味しいご飯のおかげで元気をいただきました！笑
最後に校正さん、営業さん、この本に関わってくださった全ての方々、そして三巻まで付き合ってくださった読者の方々にお礼を申し上げ、あとがきを締めさせていただきたいと思います。

またお会いできる日を楽しみにしています。

DRE NOVELS

余命半年と宣告されたので、死ぬ気で『光魔法』を覚えて呪いを解こうと思います。Ⅲ

～呪われ王子のやり治し～

2023年9月10日　初版第一刷発行

著者　熊乃げん骨

発行者　宮崎誠司

発行所　株式会社ドリコム
〒141-6019　東京都品川区大崎2-1-1
TEL　050-3101-9968

発売元　株式会社星雲社（共同出版社・流通責任出版社）
〒112-0005　東京都文京区水道1-3-30
TEL　03-3868-3275

担当編集　藤原大樹

装丁　木村デザイン・ラボ

印刷所　図書印刷株式会社

ISBN978-4-434-32559-5

ファンレター、作品のご感想をお待ちしております。
右の二次元コードから専用フォームにアクセスし、作品と宛先を入力の上、コメントをお寄せ下さい。
※アクセスの際に発生する通信費等はご負担ください。

余命半年と宣告されたので、死ぬ気で『光魔法』を覚えて呪いを解こうと思います。III
~呪われ王子のやり治し~

熊乃げん骨
イラスト／ファルまろ

I have been told that I have only six months to live,
so I am determined to die and learn "light magic" to break the curse.

第一章　拡張現実と謎の大穴　004
第二章　白竜伝説　123
第三章　白竜は二度舞う　221
エピローグ　飛ばされた者たち　282
書き下ろしエピソード　クリスの来訪　294